नद

nada

Gianna Duschletta
Karin Jundt

Baderledas und Einsichten

nada

Deutsch | Puter

Bibliografische Information der Deutschen Nationalbibliothek: Die Deutsche National-
bibliothek verzeichnet diese Publikation in der Deutschen Nationalbibliografie; detail-
lierte bibliografische Daten sind im Internet über https://www.dnb.de abrufbar.

Deutsche Übersetzung der rätoromanischen Texte: Karin Jundt
Traducziun rumauntscha dals texts tudas-chs: Gianna Duschletta
Deutsches Korrektorat: Ruprecht Opitz
Correctorat rumauntsch: Sidonia Klainguti, Elvira Pünchera
Grafik: Andreas Wrede
Herstellung: Books on Demand GmbH, Norderstedt
Printed in Germany

ISBN 978-3-907091-17-3

Suvenz am dumandi
inua cha'l viedi vo
e per dir la vardet
el adüna tuorna cò.

Inschrift an Giannas Elternhaus

Inhaltsverzeichnis | Cuntgnieu

Vorwort von Karin | Prefaziun da Gianna .... 10 | 11

Cuschiner istorgias | Geschichtenküche .... 12 | 13
Reinschriftleben | Scriver la vita in net .... 14 | 15
Rampcher e lecziuns da vita | Klettern und Lebenslektionen .... 16 | 17
Herausforderungen | Sfidas .... 18 | 19
Unbekannt | Incuntschaint .... 20 | 21
Inspiraziun | Inspiration .... 22 | 23
Progets | Projekte .... 24 | 25
Restricziuns e registraziuns | Restriktionen und Tonaufnahmen .... 26 | 27
Frühaufsteher | Mamvagliers .... 28 | 29
Planlos | Pel muond aint .... 30 | 31
Vorfreude | Plaschair anticipo .... 32 | 33
Il desideri d'ir davent | Fernweh .... 34 | 35
In schner al mer | Im Januar am Meer .... 36 | 37
Gesichtsverlust | Perder la fatscha .... 38 | 39
Wüstenmeer | Mer e desert .... 40 | 41
Gott bewahre | Dieu ans protegia .... 42 | 43
Chantunais dal bloc | Blocknachbarn .... 44 | 45
Il postin da Bümpliz | Der Pöstler von Bümpliz .... 46 | 47
Sü e giò e sü e giò da s-chela | Treppe rauf, Treppe runter .... 48 | 49
Il pover canapè | Das arme Sofa .... 50 | 51
Olivenhain | Godet d'olivers .... 52 | 53
Fnestras iglüminedas | Erleuchtete Fenster .... 54 | 55
Prümavaira in Engiadin'Ota | Frühling im Oberengadin .... 56 | 57
Ün sguard inavous sül utuon passo | Ein Blick zurück auf den Herbst .... 58 | 59
Schutzengel | Aungels protectuors .... 60 | 61
Renaturiert | Renatüro .... 62 | 63
Willensfreiheit | Volunted e destin .... 64 | 65
La maisa vi da la fnestra | Der Tisch am Fenster .... 66 | 67
Pflicht und Freude | Dovair e plaschair .... 68 | 69
Reglas | Regeln .... 70 | 71
Mia regla numer ün | Meine Regel Nummer eins .... 72 | 73
Gehorsam | Obedientscha .... 74 | 75
Schutzraum | Refügi .... 76 | 77
Via Alpina | Via Alpina .... 78 | 79
La glieud da la Via Alpina | Die Leute auf der Via Alpina .... 80 | 81

La fin in mira I Das Ende in Sicht .... 82 I 83

Mieus bastuns I Meine Stöcke .... 84 I 85

Wege I Vias .... 86 I 87

Kriegsirre I Nars da guerra .... 88 I 89

Soldatengräber I Fossas da sudos .... 90 I 91

La generaziun Z I Die Generation Z .... 92 I 93

Endlichkeit I Finited .... 94 I 95

Weltkaleidoskop I Caleidoscop dal muond .... 96 I 97

Retards I Verspätungen .... 98 I 99

In prüma classa tres la Svizra I Erster Klasse durch die Schweiz .... 100 I 101

Neuchâtel e la savur da creps I Neuchâtel und der Duft der Crêpes .... 102 I 103

Yverdon e'l marcho serro I Yverdon und der geschlossene Markt ...... 104 I 105

Losanna e'ls curriers da velo I Lausanne und die Velokuriere .... 106 I 107

Friburg e la tschiera I Freiburg und der Nebel .... 108 I 109

Dazumal I Da pü bod .... 110 I 111

Kerzenlicht I Glüsch da chandaila .... 112 I 113

Tuot nouv I Alles neu .... 114 I 115

Glüschinas I Lichtlein .... 116 I 117

Chalenders d'Advent I Adventskalender .... 118 I 119

Il regal per la mamma I Das Geschenk für die Mutter .... 120 I 121

Pelas e papàs I Guetzli backen und Schnee pflügen .... 122 I 123

Trer chandailas I Das Kerzenziehen .... 124 I 125

Advent da sted I Advent im Sommer .... 126 I 127

Substanz'incuntschainta I Unbekannte Substanz .... 128 I 129

Il mus-chuner malign dals muos-chins I Das fiese Surren der Mücken ... 130 I 131

Mitleid I Cumpaschiun .... 132 I 133

Esters I Unbekannte .... 134 I 135

Chamins avierts I Cheminées .... 136 I 137

Rückblick I Retrospectiva .... 138 I 139

Ende I La fin .... 140 I 141

Las uras traunter not e bunura I Die Stunden vor dem Morgengrauen . 142 I 143

Il poet stuorn I Der betrunkene Dichter .... 144 I 145

Türen I Portas .... 146 I 147

Las auturas I Die Autorinnen .... 148 I 149

Vorwort von Karin

Altersmäßig könnte ich Giannas Großmutter sein – und doch ist sie meine Lehrerin. Sie unterrichtete Rätoromanisch in einem Sommerkurs der Fundaziun de Planta in Samedan, den ich besuchte.

Damals lebte ich bereits seit einem Jahr zeitweise im Oberengadin, lernte intensiv die einheimische Sprache und konnte mich schon recht gut auf Puter unterhalten. Bei meiner fortwährenden Suche nach Lernmaterial stieß ich auf der Website von RTR (Radio und Fernsehen der Rätoromanischen Schweiz) auf die *Impuls*-Podcasts von Gianna, die mir ausgesprochen gut gefielen. Ich fand es schade, dass ihre schönen Geschichten und inspirierenden Gedanken dort irgendwann in Vergessenheit geraten würden. Das Gleiche dachte ich – bei aller Bescheidenheit – von den Artikeln, die ich über mehrere Jahre in meiner Kolumne *Wortweise* für die Zeitschrift *Schweizer Hausapotheke* geschrieben hatte und die von einem Zitat einer berühmten Persönlichkeit oder einem Sprichwort ausgehen. So begann in mir die Idee eines gemeinsamen Buches zu keimen.

Dabei faszinierte mich einerseits der Gedanke, dass unsere Texte vom Stil und der Aussage her wohl eine gewisse Ähnlichkeit aufweisen, unsere Erfahrungen sich aber weit über ein halbes Jahrhundert erstrecken und recht unterschiedlich sind. Andererseits sah ich dieses zweisprachige Projekt als eine neue Möglichkeit für mich, um meine Kenntnisse des Puters zu verbessern, und – vielleicht noch bedeutsamer – als Ansporn und Unterstützung für andere Lernende.

Gedacht, Gianna gefragt, getan. Wir haben uns mit Elan an die Arbeit gemacht; Gianna hat meine deutschen Texte ins Puter übersetzt, ich ihre rätoromanischen ins Deutsche. Das Ergebnis halten Sie, liebe Leserin, lieber Leser, nun in Händen. Und ich hoffe, dass Ihnen die Lektüre genauso viel Freude bereitet wie uns beiden das Schreiben und unsere Zusammenarbeit.

Mai 2023

Prefaziun da Gianna

«Che buna savur da grascha!» Quista frasa saro üna da quellas ch'eau varegia dit il pü suvenz cur ch'eau d'eira pitschna. Uschè suvenz cha dafatta la part tessinaisa da la famiglia la so aunch'hoz ourdadour. Forsa es que güst pervi da quista savur ch'eau vaiva già adüna uschè gugent la prümavaira. Schabain cha in Engiadin'Ota nu do que propi üna bella prümavaira. A düra lönch fin cha la naiv algua dal tuot, lönch esa be brün e be pantan e tuot in üna vouta esa verd e sted. E listess, quel temp da müdamaint am plescha güst uschè bain scu la savur da grascha.

A S-chanf nu daiva que bgeras purarias, ma adüna cur cha s'udiva il fracasch dals chars da grascha sülla salascheda, d'eiri dalum tar la fnestra. E que d'eira listess, sch'eau d'eira a chesa u a scoula, que faivi adüna, e tuots intuorn me gnivan mez nars. Vi da la fnestra da scoula ho eir cumanzo mia carriera da scriver. In 5 e 6evla classa vainsa scrit minch'eivna ün cumponimaint. Scriver in möd creativ as nomna que, per bgers ün schaschin ed üna paina sula, per me però il pü bel temp da l'eivna. Cun agüd da la fantasia da mia mamma davart muonds luntauns d'he eau scrit istorgias fantasticas, aventüraivlas ed emoziunelas. In mias istorgias d'heja vivieu in terras estras e vis creatüras müravgliusas, eau vaiva l'impreschiun dad avair vis tuot il muond. Da temp in temp vuless l'iffaunt in me aunch'hoz turner in quistas terras da fantasia, ma eau d'eira bundragiusa e vulaiva vzair auncha dapü. Perque d'heja schmiss da scriver e d'he fat ün lung viedi intuorn il muond. Schabain ch'eau nu d'he vis ne ils paesagis ne las creatüras da mias istorgias, d'eira que listess ün'experienza inschmanchabla chi m'ho purteda, zieva esser turneda a chesa, a mia prosma aventüra: ün praticum tar la *Posta Ladina* e la *Fundaziun Medias Rumantschas*. Eau d'he darcho cumanzo a scriver, quista vouta da chosas actuelas, persunas autenticas e lös reels. Ed uschè suni a la fin riveda tar *RTR*, inua ch'eau scriv *Impuls* da tuot que chi'm vo per testa.

Quist cudesch es üna collecziun da bgers da quists texts ch'eau d'he scrit e publicho scu *Impuls* per *RTR*. Ed eir sch'üngün dad els nu tratta da la buna savur da grascha, spereschi listess cha mieus texts s'accumpagnan sün ün viedi cun parairs persunels, istorgias divertaivlas ed idejas bluordas.

Meg 2023

Cuschiner istorgias

Cun scriver sun eau scu üna cuschinunza. Da tuot las varts clap eau inputs, istorgias, citats da persunas, inspiraziuns. Quellas sun per me scu singulas ingredienzas per qualchosa pü grand, forsa üna buna schoppa.

Be ün citat u be ün'invista illa vita da qualchün nu do però auncha üngün text. Be l'öli d'oliva e'l sel nu faun auncha üngün past. Pür cur cha's metta insembel differenta roba, do que qualchosa cun dapü substanza.

A scriver d'heja imprains scu tuot ils oters in prüma classa, ma zieva es que sto ün pruver our, guarder cu cha frasas e pleds tunan insembel, cu cha la glieud reagescha. E precis listess cun cuschiner. Ils cussagls süls paquets da las mangiativas sun adüna fich ütils, ma da seguir quists cussagls, que riva minchün. Scu scriver zieva la prüma classa. Dalum cha's voul dapü, dapü savuors, dapü gust, dapü variaziun, s'ho da pruver our ed experimenter.

Eau nu sun üngün profi, ne in scriver ne in cuschiner. Ma tuots duos fatschi gugent, perche ch'eau sun steda buna da chatter mias egnas metodas per creer mi'egna schoppa.

Gianna

Wenn ich schreibe, bin ich wie eine Köchin. Von überall her nehme ich Anregungen, Geschichten, Aussagen von Menschen, Inspirationen. Diese sind für mich wie die einzelnen Zutaten für etwas Reichhaltigeres, vielleicht eine feine Suppe.

Allein ein Zitat oder ein Einblick in jemandes Leben ergeben aber noch keinen Text. Allein mit Olivenöl und Salz macht man keine Mahlzeit. Erst wenn man verschiedene Dinge zusammentut, entsteht etwas mit mehr Substanz.

Schreiben habe ich, wie alle, in der ersten Klasse gelernt, danach wurde es aber zu einem Ausprobieren, zu einem Prüfen, wie Sätze und Wörter zusammen klingen, wie die Leute darauf reagieren. Genau wie beim Kochen. Die Tipps auf den Lebensmittelverpackungen sind immer sehr nützlich, aber diese einfach befolgen, das kann jeder. Wie das Schreiben nach der ersten Klasse. Sobald man mehr will, mehr Düfte, mehr Geschmack, mehr Abwechslung, muss man ausprobieren und experimentieren.

Ich bin kein Profi, weder beim Schreiben noch beim Kochen. Aber beides mache ich gern, weil es mir gelungen ist, meine eigenen Methoden zu finden und mein eigenes Süppchen zu kreieren.

Reinschriftleben

«Jeder möge sein eigener Geschichtsschreiber sein, dann wird er sorgfältiger und anspruchsvoller leben.» Welch inspirierender Gedanke von Bertold Brecht! Jeder schreibt seine eigene Geschichte auf, für alle anderen Menschen zugänglich und lesbar. Tatsächlich würde ich mir dann zweimal überlegen, was ich tue und was ich lasse.

Ich stelle mir mit Schrecken vor, dass in meiner Biografie stehen könnte: «Jahr 2020: Am 10. Januar drängelte sich Karin in der Warteschlange vor. Am 12. Februar lehnte sie einen tollen Auslandsjob ab, weil sie die Ungewissheit und die Veränderungen fürchtete. Am 2. März schaute sie weg, als ein betrunkener Vater seinen kleinen Jungen schlug.» Solche Fakten möchte niemand in seiner Biografie veröffentlicht sehen.

Wir sollten tatsächlich, wie einer meiner Psychologie-Professoren in einer Vorlesung sagte, «unser Leben in Reinschrift leben». Also nicht so, als könnten wir wie damals in der Schule eine Seite einfach nochmals abschreiben, wenn beim ersten Versuch ein Tintenklecks darauf fällt oder die Buchstaben liederlich hingekritzelt sind. Sondern immer so, als hätten wir ein einziges Blatt zur Verfügung und wollten ein Meisterwerk der Kalligrafie vollbringen.

Wie es im Leben ja tatsächlich ist. Ich kann zwar eine Seite meines Lebensbuchs umblättern, verschwinden wird sie deshalb nicht. Ich kann den Text nicht nochmals abschreiben, ins Reine, und die hässliche Seite herausreißen und wegwerfen. Was im Lebensbuch geschrieben steht, ist unvergänglich. Und selbst wenn niemand es je lesen wird – *ich* kenne es. Es wäre doch schön, stünden darin vor allem Schilderungen wie: «Obwohl sie Angst hatte, traute sie sich einzugreifen, als Jugendliche eine Frau anpöbelten. Sie ließ sich auf eine Herausforderung mit ungewissem Ausgang ein. Trotz ein paar Kilos zu viel fand sie sich schön und gönnte sich ein Eis.»

Karin

«Minchün dess esser il scriptur da sia egna istorgia, lura vivaro'l in möd pü precaut e pü pretensius.» Che impissamaint inspirant da Bertold Brecht! Minchün scriva sü sia egna istorgia, accessibla e legibla per tuot ils oters umauns. Eau stüdgess lura propi duos voutas che ch'eau fess e che ch'eau laschess.

Plain anguoscha m'imagineschi ch'eau stuvess scriver in mia biografia: «2020: als 10 schner as schmacha Karin inavaunt tres la colonna. Als 12 favrer refüsa ella üna bunischma offerta per ün job a l'ester, perche ch'ella ho temma da l'intschertezza e dal müdamaint. Als 2 marz guard'la davent, cur ch'ün bap stuorn picha a sieu mattet.» Da quists fats nu vuless üngün publicher in sia biografia.

Nus stuvessans propi «viver nossa vita scu sch'ella gniss scritta in net», scu cha ün da mieus professurs da psicologia ho dit in üna prelecziun. Dimena na uschè, scu scha pudessans simplamaing scriver giò aunch'üna vouta la pagina, scu da pü bod a scoula, scha vaivans fat ün flach culla tinta tar la prüma vouta u scha'ls custabs d'eiran be scrivlottos negligiaintamaing. Dimpersè adüna uschè, scu scha vessans a disposiziun be ün unic fögl e vulessans accumplir ün'ouvra da la calligrafia.

Uschè scu cha que es propi illa vita. Eau poss bainschi sföglier üna pagina dal cudesch da mia vita, ma perque nu svanesch'la. Eau nu poss scriver giò aunch'üna vouta il text in net e strer our e bütter davent la pagina trida. Que chi'd es scrit i'l cudesch da la vita es etern. E perfin sch'üngün nu vess mê da'l ler– *eau* il cugnuosch. Que füss bain bel, scha's pudess impustüt ler descripziuns scu: «Schabain ch'ella vaiva temma, s'ho'la ris-cheda d'inter-vgnir, cur cha giuvenils haun imnatscho ad üna duonna. Ella ho accepto üna sfida cun üna fin intscherta. Melgrô ün pêr kils da memma as sentiv'la bella e s'ho cuida ün glatsch.»

Rampcher e lecziuns da vita

Eau d'he la gramfcha aint ils peis, mias chammas tremblan, la bratscha es
stracca e cun l'ultima forza da mia daunta am tegni vi dal grip. Ed uossa?
Eau nu riv ne insü ne ingiò, ils mauns nu'm tegnan bain avuonda per cha'ls peis
pudessan müder pusiziun, e'ls peis nu sun in lös sgürs avuonda per lascher ir
il crap culs mauns.

Ed uschè prouvi da'm tgnair vi da la paraid da quista muntagna per que chi
pera ün'eternited, ed il sentimaint da panica dvainta adüna pü grand.

«Eau at tegn, tschainta giò ün mumaint!», clama mia partenaria e tira bain
la corda. Pür uossa badi ch'eau tegn il fled, chi so già quaunt lönch. Eau bof our
il fled e'm tschaint illa tschinta da rampcher. Eau lasch ir ils mauns e'ls peis e
pend lo illa corda.

«Be pachific!», odi da suot insü.

Eau guard il grip e contaimpl la lezcha impussibla da river fin süsom. Forsa
cha quista ruta d'eira memma greiva per me scu bod-principianta?

Eau nu'm lasch distrer da quists dubis, ramass mias forzas e cumainz darcho
a rampcher, sviand il lö da la blockeda dad aunz. E tuot in üna vouta vo que
sainza problems. Cò ün tegn, lo ün oter, e que pera dad ir bod be da se. Aunz
ch'eau bad, suni süsom e poss giodair la bella vista.

Nun es que adüna uschè cha cur cha s'ho üna situaziun, inua cha nu's riva
pü inavaunt, füssa meglder da fer ün pass inavous e guarder tuot our d'üna
nouva perspectiva? Forsa cha's chatta ün'otra via per river fin süsom.

Gianna

Klettern und Lebenslektionen

Ich habe Krämpfe in den Füßen, meine Beine zittern, die Arme sind erschöpft, und mit letzter Kraft klammern sich meine Finger an den Felsen. Und jetzt? Ich schaffe es weder hinauf noch hinunter, die Hände halten mich nicht genug, dass die Füße den Stand wechseln könnten, und die Füße stehen nicht an einer ausreichend sicheren Stelle, um die Hände vom Felsen loszulassen.

So versuche ich, mich an dieser Bergwand festzukrallen, eine Ewigkeit scheint mir, und das Panikgefühl breitet sich immer stärker aus.

«Ich halte dich, sitz einen Moment ab!», ruft mir meine Partnerin zu und strafft das Seil. Erst jetzt merke ich, dass ich den Atem angehalten habe, wer weiß wie lange schon. Ich stoße die Luft aus und setze mich in den Klettergurt. Ich lasse Hände und Füße los und hänge am Seil.

«Nur mit der Ruhe!», höre ich von unten.

Ich betrachte den Felsen und erwäge die unmögliche Aufgabe, es bis hinauf zu schaffen. War die Route vielleicht zu schwierig für mich als Beinahe-Anfängerin?

Von solchen Zweifeln lasse ich mich nicht ablenken, sammle meine Kräfte und beginne wieder zu klettern, indem ich die Stelle der vorherigen Blockade umgehe. Und auf einmal klappt es problemlos. Hier ein Griff, dort ein weiterer, und es scheint wie von selbst zu gehen. Bevor ich es richtig merke, bin ich oben und kann die schöne Aussicht genießen.

Ist es etwa nicht immer so, dass wenn man in einer Situation feststeckt und nicht mehr weiterkommt, es besser wäre, einen Schritt zurückzutreten und das Ganze aus einer neuen Perspektive anzuschauen? Vielleicht findet man dann einen anderen Weg, um nach oben zu kommen.

Herausforderungen

«*Nicht weil es schwierig ist, wagen wir es nicht, sondern weil wir es nicht wagen, ist es schwierig.*» Wie oft hat Seneca dem römischen Kaiser Nero, dessen Erzieher und Berater er war, diese Worte wohl gesagt? Jedenfalls muss der Philosoph seinem Schüler irgendwann mit seinen Belehrungen so gewaltig auf die Nerven gegangen sein, dass er ihn zur Selbsttötung verurteilte.

Diese Macht besaß der Herrscher. Uns Normalsterblichen des 21. Jahrhunderts ist es nicht vergönnt, all diejenigen zum Schweigen zu bringen, die uns ständig mit Gemeinplätzen vollquatschen. Meine Generation wurde ja oft mit Sprichwörtern erzogen wie «Erst die Arbeit, dann das Vergnügen» oder «Ehrlich währt am längsten». Heutzutage werden wir in den sozialen Medien mit Binsenweisheiten zugemüllt im Stil von «Verliebe dich nur in jemanden, der dein Herz verdient». Solche Banalitäten sind für niemanden aufschlussreich, geschweige denn nützlich.

Zurück zu Senecas Weisheit. Egal, vor welcher Herausforderung ich stehe (ich spreche lieber von *Herausforderung* als von *Problem* oder *Schwierigkeit*): Wenn ich sie nicht annehme und mich nicht bemühe, sie zu bewältigen, weil ich sie für zu schwer halte, werde ich nie wissen, ob ich es geschafft hätte. Das ist die eigentliche Krux dabei und nicht, ob ich am Ende erfolgreich bin oder scheitere. Mit einem negativen Ausgang kann ich umgehen, da finde ich dann schon eine Rechtfertigung oder Ausrede, die mein eingeknicktes Selbstwertgefühl wieder aufrichtet. Aber mir vorwerfen müssen, es nicht einmal versucht zu haben? Mir ausmalen, wie gut es vielleicht herausgekommen wäre? Mir eingestehen, dass ich ein Angsthase bin? Mich für eine totale Versagerin halten müssen, ohne eigentlich versagt zu haben?

Das will ich nicht. Das lassen weder mein Stolz noch meine Vernunft zu. Und bevor ich es vor lauter Frustration Nero gleichtue und Zürich anzünde, nehme ich lieber meine Chance wahr. Besser ein Scheitern in Ehren als Forfait geben.

Karin

Sfidas

«Na perche cha que es difficil, nu ris-chainsa qualchosa, dimpersè perche cha nus nu ris-chains, es que difficil.» Quauntas voutas varo Seneca, l'educatur e cusglieder da l'imperatur romaun Nero, dit quists pleds ad el? In mincha cas stu il filosof avair do enormamaing sülla gnierva a sieu scolar cun sieus cussagls, uschè ch'el l'ho cundanno da's priver d'vita.

Quista pussaunza vaiva il regent. A nus normels dal 21evel tschientiner nu'ns es que cuieu da fer taschair a tuot quels chi quintan plufrarias e banaliteds. Mia generaziun es gnida edücheda cun proverbis tudas-chs scu «Il prüm il dovair, ziev'il plaschair» e «La manzögna ho la chamma zoppa». Hozindi vzainsa tuot il temp da quist chaschöl illas medias socielas, i'l stil da «Inamurescha't be in qualchün chi merita tieu cour». Quistas banaliteds nu daun niauncha da penser, maindir güdane a qualchün.

Turnainsa tar la sabgentscha da Seneca. Que es listess che sfida chi'm spetta (eau discuor pü gugent da *sfidas* cu da *problems* u *difficulteds*): sch'eau nu l'accept e nu'm dun fadia da la superer, perche ch'eau craj ch'ella saja memma difficila, nu savaregi mê, sch'eau vess gieu success. Que es nempe la vaira crux e na sch'eau d'he a la fin success u brich; cun ün resultat negativ vegni a bröch, eau chat sgür üna güstificaziun u üna s-chüsa chi cufforta darcho mia egna stima scurascheda. Ma da'm stuvair fer imbüttamaints da niauncha avair pruvo? Da m'imaginer quaunt bain cha que vess forsa pudieu ir a finir? Conceder ch'eau saja üna chejinchotschas? Am tgnair per üna svantüreda, sainza niauncha avair pruvo?

Que nu vögli. Que nu permettan ne mia superbgia ne mieu güdizi. Ed aunz ch'eau fatscha in mia frustraziun il listess scu Nero ed impiz tuot Turich, profiti pü gugent dad ün'occasiun. Meglder fer naufragi in onur cu da renunzcher.

Unbekannt

«Nur das Unbekannte ängstigt den Menschen. Sobald man ihm die Stirn bietet, ist es schon kein Unbekanntes mehr.» Antoine de Saint-Exupéry, der Autor von *Der Kleine Prinz*, weiß, wovon er spricht. Als Pilot erlebte er immer wieder gefährliche Situationen. Einmal musste er nach einer Bruchlandung in der Wüste fünf Tage ohne genügend Trinkwasser marschieren, bis er schließlich von einer Karawane gerettet wurde.

Ich frage mich jeweils, was solche Menschen, die über ihre Grenzen hinauszugehen vermögen, uns Durchschnittsbürgern voraushaben. Man hört ja immer wieder unglaubliche Geschichten von Männern und Frauen, die, im Urwald oder im ewigen Eis verirrt, sich zurück in die Zivilisation kämpfen, Wölfe mit bloßen Händen besiegen oder mit schmerzenden, lebensgefährlichen Wunden noch Hunderte Kilometer zu Fuß zurücklegen.

Ihnen allen muss eine Eigenschaft gemeinsam sein: die Fähigkeit, sich von ihrer Angst nicht behindern oder gar lähmen zu lassen. Denn auch sie empfinden bestimmt Angst in bedrohlichen Situationen, aber sie sind wohl mutiger als der Durchschnitt. Mut ist nämlich nicht Furchtlosigkeit, wie man so leichthin annehmen könnte. Mut ist *Überwindung* von Furcht. Etwas zu tun – und sei es noch so spektakulär –, von dem ich überzeugt bin, dass ich es kann, erfordert keinen Mut. Mut habe ich, wenn es mir gelingt, meine Angst anzunehmen, mich ihr zu stellen und sie zu überwinden. Bis ihr die Lust vergeht, mich zu quälen, und sie sich zurückzieht.

Ganz im Sinn des Zitats von Saint-Exupéry sagte mir einst eine weise Frau, wann immer ich vor etwas Angst habe, solle ich diese Angst personifizieren, sie mir also außerhalb von mir bildlich als Wesen vorstellen. Ist sie groß oder klein, dick oder dünn? Wo steht sie, vor oder hinter mir, rechts oder links? Wie ist sie angezogen? Welche Farbe hat sie? Und vor allem: Was macht sie eigentlich, außer einfach bei mir zu stehen? Nichts, meistens.

Das habe ich inzwischen viele Male praktiziert, mit Erfolg. Ich sage meiner Angst jeweils: «Begleite mich, wenn du willst. Ich lasse mich von dir aber nicht von meinem Vorhaben abbringen, Macht über mich besitzt du nicht.» Und ich habe das zu einer meiner Lebensdevisen erkoren: Wenn du etwas nicht *ohne* Angst tun kannst, dann tu es *mit* Angst – aber tu es.

Karin

Incuntschaint

«Be l'incuntschaint fo temma a l'umaun. Apaina cha's tegna testa ad el, nun esa già pü incuntschaint.» Antoine de Saint-Exupéry, l'autur da l'istorgia *Il pitschen prinz*, so da che ch'el discuorra. Scu pilot ho'l adüna darcho passanto situaziuns prievlusas. Üna vouta, zieva ün atterramaint in costas, ho'l stuvieu marcher per tschinch dis i'l desert sainza avuonda ova da baiver, fin ch'el es finelmaing gnieu salvo dad üna caravana.

Eau am dumand adüna, che avantags cha tels umauns chi rivan da surpasser lur limits haun in confrunt cun nus persunas normelas. Que s'oda adüna darcho istorgias incrediblas dad homens e duonnas chi vaun a perder in gods sulvedis u glatsch etern e chi cumbattan per river inavous illa civilisaziun, vaindschan cunter lufs be cun lur mauns u chaminan auncha tschients da kilometers a pè cun plejas aviertas.

Els stöglian avair ün trat cumünaivel: l'abilited da nu's lascher impedir u dafatta paraliser da lur temma. Sgür cha eir els haun temma in situaziuns imnatschantas, ma els saron pü curaschus cu la media. Curaschi nu significha nempe cha la temma mauncha, scu cha's pudess crajer. Curaschi significha *superer* la temma. Fer qualchosa – listess quaunt spectaculer cha que saja – ch'eau sun sgüra cha que reuschescha, nu drouva üngün curaschi. Curaschi d'heja, sch'eau accept, fatsch frunt e survaindsch mia temma. Fin ch'ella nun ho pü üngüna vöglia da'm turmanter ed ella as retira.

Cumplettamaing i'l sen dal citat da Saint-Exupéry m'ho üna duonna sabgia üna vouta dit cha adüna cur ch'eau hegia temma da qualchosa, dessi persunificher quista temma, dimena la m'imaginer dadour me scu creatüra. Es ella granda u pitschna, grossa u stiglia? Inua sto ella, davaunt u davous me, a dretta u a schnestra? Cu è'la vstida? Che culur ho'la? Ed impustüt: che fo'la vairamaing, oter cu simplamaing ster tar me? Ünguotta, pel solit.

Que d'heja intaunt praticho bgeras voutas, cun success. Eau di a mia temma: «Accumpagna'm, scha tü voust. Eau nu'm lasch però surmner da te, eau fatsch que ch'eau d'he gieu l'intenziun da fer e tü nun hest üngüna pussaunza sur da me.» E que es dvanteda üna da mias devisas da la vita: scha tü nu rivast da fer qualchosa *sainza* temma, lura fo que *cun* temma – ma fo.

Inspiraziun

Que es üna chosa interessanta cun quista inspiraziun. Scha's vuless, es nempe tuot ün'inspiraziun, tuot que cha s'oda, tuot que cha's vezza, tuot que cha's savura ed as sainta. Ma scha nu's vuless u scha nu s'es aviert per as lascher inspirer, nu güda tuot ünguotta. Que badi svess: a do mumaints ch'eau clap idejas da tuot ed a do mumaints ch'eau tscherch e tscherch e nu chat ünguotta.

Ma sch'eau d'he üna vouta ün'inspiraziun chi'm porta ad ün'ideja, la scrivi sü e la lasch madürer. Pür pü tard decid eau, scha que es propi üna bun'ideja, sch'eau riv e vögl propi fer qualchosa landrour.

Il prüm pass es dimena l'inspiraziun chi maina a l'ideja. Quella stu madürer e pür lura as po fer il prossem pass e la svilupper. Ed a la fin drouva que auncha curaschi. Curaschi da trametter ün text, da fer üna registraziun pel radio, da publicher ün artichel.

Mincha vouta cha's fo quist ultim pass, as lascha ir üna part da se svess per tuot il public chi observa, legia, taidla e commentescha.

Gianna

Inspiration

Es ist eine interessante Sache mit dieser Inspiration. Wenn man will, ist nämlich alles eine Inspiration, alles, was man hört, alles, was man sieht, alles, was man riecht und fühlt. Doch wenn man es nicht will oder nicht offen dafür ist, sich inspirieren zu lassen, hilft alles nichts. Das merke ich selbst: Es gibt Momente, in denen ich aus allem Ideen heraushole, und Momente, in denen ich suche und suche und nichts finde.

Habe ich aber einmal eine Inspiration, die mich auf eine Idee bringt, schreibe ich sie auf und lasse sie reifen. Erst später entscheide ich, ob es tatsächlich eine gute Idee ist, ob es mir gelingt, etwas daraus zu machen, und ob ich das auch wirklich will.

Der erste Schritt ist also die Inspiration, die zur Idee führt. Diese muss reifen, und erst danach kann man den nächsten Schritt gehen und sie weiterentwickeln. Und schließlich braucht es noch Mut. Den Mut, einen Text abzuschicken, eine Aufnahme fürs Radio zu machen, einen Artikel zu veröffentlichen.

Jedes Mal, wenn man diesen letzten Schritt vollzieht, überlässt man einen Teil von sich der Öffentlichkeit, die beobachtet, liest, hört und kommentiert.

Per fer parair tuot que ch'eau fatsch pü interessant e dalettaivel, es per me tuot que ch'eau fatsch ün proget. Singuls progets chi haun ün cumanzamaint, üna mited ed üna fin. Fer ün viedi? Imprender üna nouva lingua? Ün semester a la scoul'ota? Progets.

Uschè esa bger pü simpel dad insomma chatter la motivaziun per cumanzer. Ad es pü simpel da vzair il progress, perche cha s'ho eir il böt davaunt ils ögls. Üna lezcha chi paraiva insuperabla pera pü pitschna, ün böt chi paraiva uschè grand e dalöntsch davent dvainta ragiundschibel.

Pass per pass as riva inavaunt, zieva il cumanzamaint as vezza già bainbod ün pitschen progress ed aunz cha's bada, esa già la mited e fin a la fin vo que lura svelt. Fer quel prüm pass e propi cumanzer es eir bger pü simpel, sch'eau se ch'eau nu d'he davaunt me üna lezcha impussibla.

E hai, uschè as fo quel prüm pass ed il seguond ed inavaunt fin a la fin.

Gianna

Projekte

Damit alles, was ich mache, interessanter und vergnüglicher scheint, ist für mich alles, was ich mache, ein Projekt. Einzelne Projekte, die einen Anfang, eine Mitte und ein Ende haben. Eine Reise unternehmen? Eine neue Sprache lernen? Ein Semester an der Hochschule? Projekte.

Dadurch ist es viel einfacher, überhaupt die Anfangsmotivation zu finden. Es ist einfacher, den Fortschritt zu erkennen, weil man das Ziel vor Augen hat. Eine Aufgabe, die unüberwindbar schien, wird kleiner, ein Ziel, das so groß und weit entfernt schien, wird erreichbar.

Schritt für Schritt kommt man voran, nach dem Beginn sieht man schon bald einen kleinen Erfolg, und bevor man es merkt, ist man schon in der Mitte, und bis zum Ende geht es dann schnell. Den ersten Schritt machen und tatsächlich anfangen, ist auch einfacher, wenn ich weiß, dass ich nicht vor einer unmöglichen Aufgabe stehe.

Und ja, so macht man jenen ersten Schritt, dann den zweiten und weiter bis zum Schluss.

Üna granda s-chantschia, la glüsch chi trembla, il fraid da l'inviern chi vo tres pel ed ossa. Eau, tschanteda per terra, circundeda da chotschas e chamischas, cun üna plüma suravi las chammas. Per furtüna d'heja clappo il tip da piglier cun me üna plüma. Per ir in s-chantschia. Perche vairamaing?

Dimena, tuot l'inviern nu d'he eau pudieu ir in ün studio da radio per registrer mias emischiuns dad *Impuls* pervi dal coronavirus. Eau d'he survgnieu l'incumbenza da registrer a chesa, il meglder in üna pitschna staunza cun bgera stoffa. Il lö perfet d'eira dunque la s-chantschia da mieus genituors. Üna s-chantschia granda avuonda per chaminer aint – ma displaschaivelmaing na s-chudeda. E d'inviern d'eira que ün problem: eau vess nempe gugent cha mia vusch tuna bain illas registraziuns, choda, calma. Na uschè simpel, cur cha s'ho la tremblaröla!

Gianna

Ein großer Schrank, flackerndes Licht, Winterkälte, die durch Mark und Bein geht. Ich sitze auf dem Boden, umringt von Hosen und Hemden, mit einer Daunendecke auf den Beinen. Zum Glück bekam ich den Tipp, eine Decke mitzunehmen. Um in den Schrank zu gehen. Warum eigentlich?

Also, den ganzen Winter hindurch konnte ich wegen des Coronavirus nicht in ein Radiostudio, um meine *Impuls*-Sendungen aufzunehmen. Ich erhielt den Auftrag, die Aufnahmen zu Hause zu machen, am besten in einem kleinen Raum mit viel Textilien. Der perfekte Ort war demnach der Kleiderschrank meiner Eltern. Ein großer begehbarer Schrank – aber leider ungeheizt. Im Winter war es ein Problem: Ich möchte nämlich, dass meine Stimme sich bei den Aufnahmen gut anhört, warm, ruhig. Nicht so einfach, wenn man schlottert!

Frühaufsteher

«Du kannst am Morgen noch so früh aufstehen, dein Schicksal steht immer vor dir auf.» Mit diesem afrikanischen Sprichwort im Kopf wache ich auf, wohl ein Überbleibsel eines Traums. Ich öffne die Augen, noch etwas verschlafen, und an meinem Bettende steht das Schicksal und grinst mich schelmisch an.

«Was meinst du», fragt es mich, «streue ich dir heute Rosenblätter auf deinen Weg oder spitze Nägel?» Das werde ich gleich wissen, denke ich, stehe auf und gehe barfuß ins Bad. Es piekst nicht, also keine Nägel. Blütenduft nehme ich aber auch nicht wahr.

Ich will gar nicht wissen, was der heutige Tag mir bringt. Ich will mir nicht bereits am Morgen Sorgen machen müssen. Vorfreude wäre allerdings schon schön. Doch ist dem Schicksal überhaupt zu trauen? Manchmal habe ich den Eindruck, dass es mir rosige Hoffnungen nur deshalb macht, um sich dann an meiner Enttäuschung zu ergötzen.

Ich komme aus dem Bad zurück ins Schlafzimmer. Das Schicksal ist weg, hat sich bereits auf den Weg gemacht, den es für mich vorbereiten will. Einen Moment lang bin ich verunsichert. «Nein!», sage ich dann laut und entschlossen. Niemand plant für mich meinen Tag, niemand pfuscht in mein Leben. *Mein* Tag, *mein* Leben. *Ich* gestalte sie. *Ich* entscheide in jedem Augenblick, wie ich auf das reagiere, was das Schicksal für mich vorsieht. Es hat keine Macht über mich.

Der Tag verläuft normal. Mit der Arbeit komme ich gut voran, die auftretenden Probleme kann ich lösen. Später treffe ich Freunde zum Essen, es ist ein heiterer Abend. Zufrieden sinke ich gegen Mitternacht ins Bett und kuschle mich in die warme Decke. Ich will gerade das Licht löschen, da sehe ich es: Das Schicksal steht wieder am Bettende. «Und? Hat dir gefallen, was ich heute für dich arrangiert habe?», fragt es mich.

Jetzt bin ich es, die schelmisch grinst. «Mit meiner Hilfe hast du es ganz gut hinbekommen», sage ich und schließe die Augen.

Karin

«Tü poust ster sü quaunt bod cha tü voust, tieu destin sto adüna sü aunz cu tü.» Cun quist proverbi africaun i'ls impissamaints am sdasdi, forsa qualche rest d'ün sömmi. Eau evr ils ögls, auncha ün pô sönanteda, e giosom mieu let sto il destin e sfrigna da que da furbaz aint per me.

«Che crajast», am dumanda'l, «at dessi hoz sterner petals d'rösa sün tia via u aguottas agüzzas?» Que scuvriro eau bainbod, pensi, stun sü e vegn a pè nüd in bagn. A nu fo mel, dimena üngünas aguottas. Petals d'rösa nu savuri però neir.

Eau nu vögl niauncha savair che cha quist di am porta. Eau nu'm vögl stuvair fer pissers già la bunura. Plaschair anticipo füss però bain bel. As po que insomma fider dal destin? Minchataunt d'heja l'impreschiun ch'el am fatscha be spraunzas per as divertir pü tard da mia dischillusiun.

Eau vegn our dal bagn ed inavous in chambra da durmir. Il destin es davent, s'ho già miss in viedi per preparer mia via. Ün mumaint suni melsgüra. «Na!», di eau lura dad ot e decisa. Üngün nu planisescha per me mieu di, üngün nu'm tschavatta mia vita. *Mieu di, mia vita. Eau ils creesch. Eau* decid in mincha batterdögl cu reagir sün que cha'l destin prevezza per me. El nun ho la pussaunza sur da me.

Il di es scu adüna. La lavur avanzescha bain, ils problems chi's muossan rivi da schoglier. Pü tard inscuntri ad amihs per tschaina, nus vains üna bella saira. Cuntainta vegni in let vers mezzanot e'm zuogl cun mia cuverta. Eau vögl güst stüzzer la glüsch, cò al vezzi: il destin sto darcho giosom mieu let. «E? T'ho que plaschieu che ch'eau d'he planiso hoz per te?», am dumanda'l.

Uossa sun eau quella chi sfrigna da que da furbaz. «Cun mieu agüd t'es que gratagio vaira bain», di eau e ser ils ögls.

Planlos

«Das Leben ist das, was du gerade erlebst, während du fleißig andere Pläne schmiedest.» Diese Weisheit, die John Lennon in einem Song für sein Kind besingt, ruft schmerzlich ein bei uns bekanntes Sprichwort in Erinnerung: Der Mensch denkt und Gott lenkt. Nur allzu gut wissen wir, dass wir unser Leben nicht uneingeschränkt so gestalten können, wie wir es gern möchten. Immer wieder pfuscht das Schicksal in unsere Pläne.

Oft wird uns auch gesagt, wir sollen in der Gegenwart leben, im Augenblick, und nicht ständig mit den Gedanken in der Zukunft weilen, bei dem, was wir vorhaben, bei dem, was wir möchten. Aber gibt es denn etwas Schöneres, als Pläne zu schmieden? Prächtige Luftschlösser zu bauen und sie mit all unseren süßen Träumen auszuschmücken?

Ja, das gibt es. Wenigstens für mich. Ich bin am zufriedensten, wenn ich gar keine Pläne habe. Dann muss ich keine Ziele verfolgen, keine eigenen Erwartungen erfüllen, mich an keine Vorgaben halten. Einfach in den Tag hinein leben. Mit offenen Augen und Armen für alles, was auf mich zukommt. Mich treiben lassen, Intuitionen folgen und Impulsen nachgeben, einmal rechts abzweigen und einmal links, wohin es mich gerade zieht. Und einfach nur staunen, immer wieder ungläubig staunen, welche Überraschungen das Leben für mich bereithält, was es mir auf meinen Weg stellt.

Zuweilen auch in den Weg. Natürlich kann es mich dann auf dem falschen Fuß erwischen, ich stolpere über ein Hindernis, das ich, weil nicht vorausschauend, nicht rechtzeitig erkannt habe. Ich tröste mich jeweils mit dem Gedanken: «Wahrscheinlich hätte ich es auch nicht gesehen, wenn mein Blick weiter nach vorn gerichtet gewesen wäre.»

Einen Blick zurück erlaube ich mir aber manchmal. Und wenn ich ihn über mein fast sieben Jahrzehnte langes Leben schweifen lasse, kristallisiert sich eine Erkenntnis deutlich heraus: Am besten lief es immer dann, wenn ich es einfach laufen ließ, ohne es zu lenken, ohne Wünsche und Erwartungen. Planlos eben.

Karin

Pel muond aint

«La vita es que cha tü passaintast, intaunt cha tü fest diligiaintamaing oters plauns.» Da quista sabgentscha chaunta John Lennon in üna chanzun per sieu iffaunt ed ella ans algorda cun dulur ad ün proverbi cuntschaint tar nus: a l'umaun l'impissamaint, a Dieu l'inviamaint. Nus savains pür memma bain cha nus nu pudains furmer nossa vita tenor nos egen bainplaschair. Adüna darcho tschavatta il destin noss plauns.

Suvenz ans vain eir dit cha dessans viver i'l preschaint, in quist batterdögl, e na adüna esser culs impissamaints i'l futur, tar que cha vains planiso, tar que cha nus vulains. Ma do que vairamaing qualchosa pü bel cu fer plauns? Fabricher chastels pumpus in l'ajer e'ls decorer cun tuot noss sömmis d'or?

Schi, que do que. Almain per me. Eau sun il pü cuntainta cur ch'eau nu d'he insomma üngüns plauns. Alura nu stögli perseguiter üngüns böts, accumplir üngünas egnas aspettativas, resguarder üngünas cundiziuns. Simplamaing piglier il di scu ch'el vain. Cun ögls e bratschs avierts per tuot que chi'm spetta. Am lascher ir, seguir intuiziuns e ceder ad impuls, ir a dretta e lura a schnestra, simplamaing ir pel muond aint. E ster stutta, adüna darcho am müravglier da las surpraisas cha la vita am fo e che ch'ella am metta sün mia via.

Minchataunt eir immez mia via. Que po lura capiter ch'eau m'incham-büerl sur ün obstacul ch'eau nu d'he vis bod avuonda, perche ch'eau nu d'he guardo ouravaunt. Eau am cuffort mincha vouta cun ün impissamaint: «Pü cu facil nu'l vessi neir vis, scha mia öglieda füss ida pü dalöntsch.»

Ün sguard inavous am permetti però minchataunt. E sch'eau al lasch girer sur mia vita da bod set decennis, as cristallisescha cleramaing üna conclusiun: il meglder d'eira que adüna, cur ch'eau d'he simplamaing lascho ir, sainza manascher, sainza giavüschs ed aspettativas. Simplamaing pel muond aint.

Vorfreude

«Und ich habe mich so gefreut!, sagst du vorwurfsvoll, wenn dir eine Hoffnung zerstört wurde. Du hast dich gefreut – ist das nichts?» Klar doch, Marie, möchte ich der Freifrau von Ebner-Eschenbach mit sarkastischem Unterton sagen, bekanntlich ist ja Vorfreude die schönste Freude.

Wie hatte ich mich im Winter auf die Frühjahrsreise zu meiner Freundin Delia in Venedig gefreut! Ich sah mich durch die Gassen der Lagunenstadt schlendern, genüsslich einen Espresso in einer kleinen Bar trinken, und die bereichernden Gespräche mit dieser interessanten Frau konnte ich kaum erwarten. Die Vorfreude trug mich durch die grauen Wintermonate. Dann kam Corona. Italien im Ausnahmezustand, Grenzen zu, alles zu. Bis weit in den Sommer hinein.

Wir verschoben unser Treffen auf den Herbst. Delia wollte mich dann in der Schweiz besuchen. Wieder Vorfreude. Laufend überlegte ich, was ich ihr an Malerischem und Kulturellem zeigen könnte, welche Schweizer Spezialitäten ich für sie kochen würde. Ich stellte mir vor, wie wir am Abend gemütlich bei einem Glas Wein beisammen sitzen und diskutieren. Eine Woche vor ihrer Abreise setzte die Schweiz die Region Venetien auf die Quarantäneliste. Wieder wurde nichts aus unserem Treffen. Wieder war ich enttäuscht.

Noch einmal verabredeten wir uns, es sollte der folgende Sommer sein. Obwohl Skepsis angebracht war, schwelgte ich erneut in Vorfreude. Und langsam fragte ich mich, ob Marie von Ebner-Eschenbach nicht doch recht hat. Rechnen wir: Ich habe mich insgesamt rund acht Monate lang gefreut und war zweimal ein paar Tage lang enttäuscht. Eine überaus positive Bilanz zugunsten der Freude.

Daraus ergibt sich doch gleich ein neues Lebenskonzept: möglichst viele Events in möglichst ferner Zukunft planen und sich dann über Jahre darauf freuen. Ich fange gleich mit einem lang gehegten Wunsch an: Im Jahr 2035 will ich einen Flug ins All machen. Viele Jahre Vorfreude – ist das nichts?

Karin

Plaschair anticipo

«Ed eau m'he allegreda telmaing!, dist tü be rimprovers, sch'üna spraunza es gnida desdrütta. Tü t'hest allegreda, nu vela que ünguotta?» Ma cler, Marie, vulessi dir cun tun sarcastic a la barunessa von Ebner-Eschenbach, scu cha's so, es nempe il plaschair anticipo il plaschair il pü bel.

Quaunt ch'eau am vaiva allegreda l'inviern sül viedi da prümavaira tar mia amia Delia a Venezia! Eau am vzaiva già chaminand pachific per las giassas da la cited da laguna, giodand ün espresso in üna pitschna bar, e m'allegraiva pels discuors inrichants cun quista duonna interessanta. E lura es gnieu il coronavirus. L'Italia in stedi d'urgenza, cunfins serros, tuot serro. Fin da sted.

Nus vains spusto nos inscunter per l'utuon. Delia am vulaiva gnir a fer la visita in Svizra. Darcho quist plaschair anticipo. Tuot il temp stüdgiaivi, che ch'eau la pudess musser da pittoresc e culturel, che specialiteds svizras ch'eau pudess cuschiner per ella. M'imaginaiva cu cha tschantains e discu-tains insembel la saira cun ün bun magöl vin. Ün'eivna aunz sia partenza ho la Svizra miss la regiun Veneto sülla glista da quarantena. Darcho ünguotta cun nos inscunter. Darcho d'eiri dischillusa.

Lura vainsa fat giò per la sted seguainta. Üna tscherta skeptica füss steda buna, ma listess d'heja darcho giodieu il plaschair anticipo. E plaunet am dumandi, scha Marie von Ebner-Eschenbach hegia listess gieu radschun. Fainsa il quint: tuot in tuot m'he eau allegreda var och mais e sun steda dischillusa duos voutas per ün pêr dis. Ün bilauntsch zuond positiv a favur dal plaschair.

Que do güst ün nouv concept da vita: planiser uschè bgeras occurrenzas scu pussibel per nos futur luntaun e lura s'allegrer per ans. Eau cumainz güst cun ün giavüsch ch'eau d'he già lönch: dal 2035 vögli fer ün svoul i'l univers. Bgers ans per m'allegrer – nu vela que ünguotta?

Il desideri d'ir davent

Per rumauntsch nu do que ün bel pled per descriver il desideri dad ir davent. Forsa perche cha il Rumauntsch nun ho quel desideri. Nus cugnuschains be *l'increschantüna*, il desideri da turner a chesa.

Ma ir davent nu vuless pera üngün. A chesa esa adüna il pü bel, schi, que es pussibel. E nus vivains eir in valledas chi'ns piglian il fled. Minchataunt fo que però simplamaing bain da lascher davous se tuot que chi'd es cuntschaint. Ir davent, imprender a cugnuoscher nouva glieud, nouvas cuntredgias, nouvas culturas.

Ed uossa, zieva uschè lung temp cha que nun es pü sto pussibel pervi dal coronavirus, e lura auncha düraunt l'inviern, quist temp da l'an uschè s-chür, bletsch e be tschiera, am mauncha apunto quel pled per descriver ch'eau d'he il desideri dad ir davent. Ir davent per sentir l'increschantüna e lura darcho realiser cha a chesa esa tuottüna il pü bel.

Gianna

Fernweh

Auf Rätoromanisch gibt es kein treffendes Wort, um den Wunsch fortzugehen, das Fernweh, zu beschreiben. Vielleicht, weil der Rätoromane diesen Wunsch nicht verspürt. Wir kennen nur die *increschantüna*, den Wunsch, nach Hause zurückzukehren, das Heimweh.

Aber weggehen will offenbar keiner. Zu Hause ist es immer am schönsten, ja, das mag sein. Und wir leben tatsächlich in atemberaubenden Tälern. Zuweilen tut es aber schlicht gut, alles Bekannte hinter sich zu lassen. Weggehen, neue Leute kennenlernen, neue Landschaften, neue Kulturen.

Und jetzt, nach einer ganzen Weile, da dies wegen des Coronavirus nicht möglich war, und dann auch noch im Winter, dieser dunklen, nassen und nebligen Jahreszeit, fehlt mir eben dieses Wort, um zu beschreiben, dass ich mir wünsche fortzugehen. Fortgehen, um das Heimweh zu spüren und dadurch wieder zu erkennen, dass es zu Hause doch am schönsten ist.

Sablun nair traunter la daunta dals peis. Ün vent chodin am boffa ils chavels in vista. La chalur dal sulagl s-choda mia pel. Il mer schuschura, las uondas creschan e cedan e rumpan a la riva.

Il rir dals iffaunts. Chastels da sablun. Fabrichos cun chüra e dedicaziun, indeblieus da l'ova chi vain e vo.

Od vuschs da dalöntsch, giod il bel chodin da suotinsü e da suringiò. Il vent vo cun mieus impissamaints. Sun cò ed al listess mumaint nu suni cò, sun dalöntsch davent, scu sün üna nüvla, e guard da suringiò. Vez mieu corp sün stoffa blova.

Sun que vuschs ch'eau od u mieus impissamaints? Uossa pü dad ot, i'l prossem mumaint darcho scu tres vatta. Vegnan e vaun scu las uondas. Schuschuri. Quietezza. Uossa vuschs. A vaun davent. Ils impissamaints tuornan. U viceversa?

Stoffa ümida vi da mia pel. Chalur dals razs. Adüna pü dad ot odi las uondas, ils iffaunts, las vuschs intuorn me. Nun od pü mieus impissamaints. Evr ils ögls e vez il tschêl blov.

Tuorn in fradaglias cun la cotta sül pet.

Gianna

Schwarzer Sand zwischen den Zehen. Ein warmer Wind weht mir die Haare ins Gesicht. Die Hitze der Sonne auf meiner Haut. Das Meer rauscht, die Wellen erheben sich und flachen ab, brechen am Ufer.

Lachen der Kinder. Sandburgen. Gebaut mit Sorgfalt und Hingabe, zerfallen im Wasser, das kommt und geht.

Ich höre Stimmen von fern, genieße die angenehme Wärme von unten und von oben. Der Wind nimmt meine Gedanken mit. Ich bin hier und gleichzeitig bin ich nicht hier, bin weit weg, wie auf einer Wolke, und schaue von oben herab. Sehe meinen Körper auf blauem Stoff.

Sind es Stimmen, die ich höre, oder meine Gedanken? Jetzt lauter, im nächsten Augenblick wieder wie durch Watte. Kommen und gehen wie die Wellen. Rauschen. Stille. Jetzt Stimmen. Sie gehen weg. Die Gedanken kehren zurück. Oder umgekehrt?

Feuchter Stoff an meiner Haut. Wärme der Strahlen. Immer lauter höre ich die Wellen, die Kinder, die Stimmen um mich. Meine Gedanken höre ich nicht mehr. Ich öffne die Augen und sehe den blauen Himmel.

Kehre in die grimmige Kälte zurück, mit Sonnenbrand auf der Haut.

Gesichtsverlust

«Der Mensch braucht ein Gesicht wie der Baum eine Rinde.» Die Bedeutung dieses chinesischen Sprichworts verstand ich erst, als ich eine Woche bei einem in Peking lebenden europäischen Freund verbrachte. Dort verliert man sein Gesicht offenbar schneller, als man *Gesichtsverlust* aussprechen kann.

Bevor wir uns eines Abends mit seinen einheimischen Geschäftspartnern zum Essen trafen, wozu sie uns zu Ehren meines Besuchs eingeladen hatten, schärfte mir mein Freund die elementarsten Verhaltensregeln ein. Manches kam mir im wahren Sinn des Wortes chinesisch vor. Richtiggehend beunruhigend war: «Du musst alles essen, was der Gastgeber dir anbietet. Andernfalls bedeutet es, dass es dir nicht schmeckt, und er verliert sein Gesicht.» Da drehte sich mir schon der Magen um, als vor meinem geistigen Auge Fischköpfe, Seidenraupen und Entenfüße vorbeizogen.

Es kam tatsächlich allerlei Seltsames auf den Tisch, das ich gar nicht identifizieren konnte – und wollte. Die Ermahnung meines Freundes missachtend verkündete ich, ich sei Vegetarierin und äße keine Tiere. Jetzt erwiesen sich die lokalen Sitten als mein Glück. Obwohl meine Aussage vermutlich auf Unverständnis stieß, musste sie dennoch widerspruchslos zur Kenntnis genommen und respektiert werden: Mich in eine unangenehme Lage zu bringen, würde den Gastgeber nämlich ebenfalls das Gesicht kosten.

Gefühle und Emotionen im Zaum halten, kritische Worte in Watte packen, wenn man sie überhaupt äußert, zahllose Notlügen, um andere nicht vor den Kopf zu stoßen – eine uns fremde Kultur, deren gesellschaftliche Konventionen sich teilweise stark von unseren westlichen unterscheiden. Das menschliche Zusammenleben dürfte aber hier wie dort ähnlich kompliziert sein.

Ich schätze es allerdings, dass wir uns hier stets authentisch zeigen, offen miteinander umgehen dürfen und das Risiko in Kauf nehmen, auch einmal zu verletzen oder uns verletzt zu fühlen. Daran wachsen wir schließlich. Und welche unserer vielen Gesichter können wir denn schon verlieren? Doch wohl nur die unechten, die wir zeitweilig wie eine umhüllende Baumrinde aufsetzen, um zu verheimlichen, wer wir wirklich sind, und vorzutäuschen, was wir nicht sind. Mit diesem Verlust kann ich leben.

Karin

Perder la fatscha

«L'umaun drouva sia fatscha scu il bös-ch sia scorza.» La significaziun da quist proverbi chinais d'heja pür inclet, cur ch'eau d'he passanto ün'eivna tar ün amih europeaun chi vivaiva a Peking. Scu cha que pera as perda lo pü svelt la fatscha cu cha's riva da dir *perder la fatscha*.

In onur da mia visita ans vaivan sieus partenaris d'affer invidos a tschaina ed aunz cha'ns vains inscuntros quella saira, m'ho mieu amih miss a cour las reglas da deport las pü elementeras. Tschertas robas am paraivan pel vair sen dal pled chinaisas. Propi inquietant d'eira: «Tü stust manger tuot que cha l'osp at offra. Uschigliö voul que dir cha tü nun hest gugent que ed el perda sia fatscha.» Cò m'ho que già fat mel il vainter, eau d'he già vis a passer chos da peschs, verms da saida e peis d'andas davaunt mieu ögl intern.

E propi, sün maisa es gnieu miss da tuottas sorts roba curiusa ch'eau nu d'he savieu identificher – e neir vulieu. Ignorand l'admuniziun da mieu amih, d'heja annunzcho ch'eau saja vegetariauna e ch'eau nu mangia üngünas bes-chas. Uossa m'haun las üsaunzas localas purto furtüna. Schabain cha mia declaraziun nu varo chatto bger'incletta, ho'la listess gieu da gnir accepteda e respetteda sainza discussiun: da'm metter in üna situaziun dischagreabla vess nempe eir custieu la fatscha a l'osp.

Tgnair in frain sentimaints ed emoziuns, paquetter in vatta pleds critics, scha's po insomma exprimer quels, innumbrablas manzögnas per nu spermaler ad üngün – üna cultura estra per nus, cun cunvenziuns socielas chi's disferenzcheschan per part ferm da nossas i'l vest. La vita cumünaivla saregia però da tuottas duos varts listess cumplicheda.

Eau stim però cha nus ans pudains musser cò adüna autentics, ans tratter in möd aviert e sincer ed eir ris-cher da ferir a qualchün u da'ns sentir ferieus. Uschè pudains nempe crescher. E chenünas da nossas bgeras fatschas pudainsa insomma perder? Bain be quellas fosas, quellas cha nus mettains sü da temp in temp scu scorza chi'ns zuoglia, per zuppanter chi cha'd essans pelvair e fer crajer che cha nus nun essans. Cun quista perdita se eau viver.

Wüstenmeer

«Wer im Meer keine Wüste findet, findet auch in der Wüste keine Wüste. Wer in der Wüste kein Meer findet, findet auch im Meer kein Meer.» Und ich ergänze dieses Zitat des libyschen Schriftstellers Ibrahim al-Koni gern wie folgt: Wer seine Zufriedenheit nicht in der Hölle findet, findet sie auch nicht im Paradies.

Bestimmt ist es nicht einfach, in der Hölle zufrieden zu sein. Dabei denke ich nicht an Dantes Inferno mit seinen verschiedenen Qualen für die Verdammten, vielmehr an das, was man zuweilen eine Hölle auf Erden nennt – Krieg, Verfolgung, Terroranschlag, aber auch ein Erdrutsch, ein Hochhausbrand, ein Flugzeugunglück, eine grausame Kollision auf der Autobahn.

Nur: In dieser Art Hölle befinden wir uns doch höchst selten, mich persönlich hat es noch nie getroffen. Folglich lebe ich im Paradies auf Erden?! Bezeichnet man das Paradies als einen Ort, an dem man ewig wunschlos glücklich ist, dann nein, dann lebe ich nicht im Paradies, irgendeinen Wunsch habe ich doch immer: dass der Computer macht, was ich will; ruhige Kinder, wenn sie quengeln; Reis, obwohl auf dem Menü Kartoffeln stehen; eine Lockenpracht statt meines geraden Haars; einen Sitzplatz im überfüllten Bus. Lebe ich am Meer, sehne ich mich nach der Wüste. Und in der Wüste nach dem Meer. Wie viele Male am Tag denke ich «Ich wünschte, dass…», «Könnte ich doch…», «Besäße ich nur…» – und möchte glauben «…dann wäre ich zufrieden».

Warum ist etwas in mir, das sich nie mit dem Gegebenen begnügt? Etwas, das meint, alles könnte noch besser sein? Das nicht das Gute im Alltäglichen und das Schöne im Gewöhnlichen sieht, das Richtige in dem, was ich bin und habe, das Meer in der Wüste und die Wüste im Meer?

Dabei weiß ich genau: Ich darf meine Zufriedenheit nicht von äußeren Umständen abhängig machen, und muss aufhören, sie an den Partner, den Chef, die Freunde, die Gesundheit, den Erfolg, das Geld zu delegieren, geschweige denn an das Wetter, das Essen, das Aussehen und andere Belanglosigkeiten. Aber es sind eben willkommene Sündenböcke für meine Unzufriedenheit. Und das ist bequemer als mir einzugestehen: Niemand und nichts kann mir Zufriedenheit schenken, wenn ich sie nicht in mir selbst finde. Es gibt nur *einen* Weg, anhaltend wunschlos glücklich zu werden: im wahren Sinn des Wortes *Wunsch-los* zu sein.

Karin

Mer e desert

«Chi chi nu chatta üngün desert i'l mer, nu chatta neir üngün desert i'l desert.
Chi chi nu chatta üngün mer i'l desert, nu chatta neir üngün mer i'l mer.»
Ed eau cumplettesch quist citat da l'autur libic Ibrahim al-Koni uschè: chi chi
nu chatta sia cuntantezza i'l infiern, nu la chatta neir i'l paradis.

Que nun es sgür na simpel dad esser cuntaint i'l infiern. Eau nu pens però
vi da l'Inferno da Dante cun sieus differents turmaints pels schmaladieus,
püchöntsch vi da que cha's nomna l'infiern sün terra – guerra, persecuziun,
attentat terroristic, ma eir üna bouda, ün fö in ün sgrattatschêl, ün accidaint
d'aviun, üna collisiun crudela süll'autostreda.

Ma: in quista sort dad infiern essans bain be fich d'inrer, a me persunel-
maing nun ho que auncha mê pertucho. Viv eau dimena i'l paradis sün terra?!
Scha'l paradis dess esser ün lö, inua cha's viva per adüna cuntaint e sainza
giavüschs, alura na, alura nu viv eau i'l paradis, qualche giavüsch d'heja bain
adüna: cha'l computer fatscha que ch'eau vögl; iffaunts quiets, impè ch'els
cridan; ris, schabain cha cul menü do que ardöffels; ritschs bellischems, impè
da mieus chavels gualivs; üna plazza da tschanter i'l bus stichieu. Sch'eau viv
al mer, am laschi increscher dal desert. Ed i'l desert dal mer. Quauntas voutas
al di pensi «Eau am giavüsch cha…», «Sch'eau pudess be…», «Sch'eau vess
be…» – e vögl crajer cha «…lura füssi cuntainta».

Perche d'heja qualchosa in me chi nu's cuntainta mê cun que ch'eau d'he?
Qualchosa chi managia cha tuot pudess esser auncha meglder? Chi nu vezza
il bun i'l quotidiaun ed il bel i'l ordinari, il güst in que ch'eau sun e d'he, il
mer i'l desert ed il desert i'l mer?

Ma eau se precis: eau nu poss fer gnir dependent mia cuntantezza da cir-
cunstanzas externas e stögl schmetter da la deleger al partenari, al schef,
als amihs, a la sandet, al success, als raps – e sgür neir a l'ora, al manger,
a l'apparentscha ed otras piculezzas. Ma que sun apunto magliabuoglias
adattos per mia melcuntantezza. Pü cumadaivel cu der tiers: üngün ed
ünguotta nu'm po regaler cuntantezza, sch'eau nu la chat in me svess. Que
do be *üna* via per esser adüna cumplettamaing cuntaint: nempe dad esser
sainza desideri.

Gott bewahre

«Wenn die Götter uns bestrafen wollen, dann erhören sie unsere Gebete.» Als Oscar Wilde diese Worte schrieb, dachte er wahrscheinlich an die altbekannte Weisheit: Gott möge uns vor der Erfüllung unserer Wünsche bewahren. Tatsächlich bringen sie uns oft in Teufels Küche, weil wir nur den kurzfristigen Lustgewinn sehen und die langfristigen Folgen gern übersehen.

Zudem: Sind wir nicht unersättlich? Ist ein Wunsch erfüllt, taucht doch schon der nächste auf, nie sind wir zufrieden mit dem, was wir bekommen haben. Und das nimmt kein gutes Ende, wie uns das Märchen der Gebrüder Grimm von der Fischersfrau Ilsebill lehrt. Der Zauberfisch, den ihr Mann gefangen hat, muss ihr einen Wunsch nach dem anderen erfüllen. Zuerst möchte sie nur ein komfortableres Haus – absolut berechtigt –, danach aber bereits ein Schloss. Daraufhin will sie Königin, Kaiserin und sogar Papst sein. Bei jedem Wunsch wird das Wetter stürmischer, eine deutliche Warnung. Als sie schließlich fordert, Gott zu werden, findet sie sich zurückversetzt in die armselige Hütte, in der sie vorher gewohnt hatte.

Eine Strafe der Götter? Wohl eher nicht. Schlicht die Folge der Gier, durch die wir uns jeweils selbst ins Unglück stürzen. Dazu fällt mir der Trick ein, mit dem man in Indien Affen fing. Man hängt an einen Baum eine mit Süßigkeiten gefüllte Flasche, deren Hals gerade so weit ist, dass eine Affenhand knapp hindurchpasst. Der Affe greift hinein und packt die Leckereien. Die geschlossene Faust bekommt er dann aber nicht mehr durch den engen Flaschenhals und ist gefangen. Um sich zu befreien, bräuchte er nur die Hand zu öffnen und die Süßigkeiten loszulassen – tut es aber nicht.

Ich will jetzt nicht behaupten, dass wir uns wegen unserer Gier immer zum Affen machen, aber… Ich ziehe es doch vor zu beten: Lieber Gott, bewahre uns und die Affen davor, die Sklaven unserer Wünsche zu sein.

Karin

Dieu ans protegia

«*Scha'ls dieus ans vöglian chastier, lura taidlane nossas urazchuns.*» Cur
cha Oscar Wilde ho scrit quists pleds, ho'l pü cu facil penso a la sabgentscha
lönch cuntschainta: possa Dieu ans proteger per cha noss giavüschs nu
s'accumpleschan. Baincumel ans portan quels suvenz illas strettas, perche
cha nus vzains be il guadagn a cuorta vista ed ignorains gugent las conse-
quenzas a lungia vista.

Dal rest: nun essans nus insaziabels? Cur ch'ün giavüsch es accumplieu,
cumpera bain già il prossem, mê nun essans cuntaints cun que cha vains
survgnieu. E que nu piglia üngüna buna fin, scu cha la parevla da la duonna
dal pas-cheder, Ilsebill, dals frers Grimm ans muossa. Il pesch magic cha
sieu hom ho clappo, stu accumplir ad ella ün giavüsch zieva l'oter. Il prüm
vuless'la be üna chesa pü confortabla – cun bun dret –, zieva però già ün
chastè. Sün que vuless'la dvanter regina, imperatura e dafatta papa. Tar
mincha giavüsch dvainta l'ora pü turbulenta, üna cler'admuniziun. Cur
ch'ella pretenda a la fin dals quints da dvanter Dieu, as chatt'la darcho illa
chamanna miserabla, inua ch'ella vaiva vivieu aunz.

Ün chastih dals dieus? Pütost na. Simplamaing la consequenza da l'ingur-
dia cun la quela nus ans büttains svess illa disfurtüna. Cò am vain adimmaint
ün tric chi gniva druvo in India per clapper las schimgias. Vi d'ün bös-ch
as penda sü üna butiglia plain dutscharias. Il culöz da la butiglia es be güst
uschè grand ch'ün maun d'üna schimgia passa tres. La schimgia metta aint
sieu maun per piglier ün bun baccun. Il puogn serro nu vain però pü our
dal culöz stret da la butiglia e la schimgia es illa trapla. Per as deliberer
stuvess'la be avrir il maun e lascher ir las dutscharias – ma que nu fo'la.

Eau nu vögl uossa pretender cha nus fatschans adüna la schimgia pervi
da noss'ingurdia, ma… Eau preferesch listess da dir l'urazchun: cher Dieu,
protegia a nus ed eir a las schimgias, per cha nu sajans ils sclevs da noss
giavüschs.

Chantunais dal bloc

Viver in cited es cumplettamaing oter cu viver in vschinauncha. Que es cler. In vschinauncha minchün chi's cugnuoscha. Minchün chi's disch chau, sto salda per üna baderleda. Ils chantunais as güdan vicendaivelmaing, scha qualchün ho dabsögn da qualchosa. In temps intscherts as bada que in vschinaunchettas scu la mia in Engiadina.

Oter es que a Berna, inua ch'eau stun in ün trid bloc gigantic in ün quartier cun auncha dapü blocs trids. Pü cu facil vivan in quists blocs dapü persunas cu in tuot la vschinauncha, inua ch'eau sun creschida sü.

Güst sper mia abitaziun ho que auncha duos otras, las portas vaira dasper a mia egna, ma eau nu cugnuosch a mieus chantunais. Cler cha que as vezza minchataunt davaunt porta, ma dapü cu ün salüd nu do que. Eau nu se niauncha cu ch'els haun nom. E sün via tuot chi guarda da que curius, sch'eau salüd. Schabain cha vairamaing füssans tuots chantunais.

Ma oramai saro que ün'otra istorgia, scha s'es chantunais dal bloc.

Gianna

Blocknachbarn

In der Stadt lebt es sich ganz anders als im Dorf. Das ist klar. Im Dorf kennt jeder jeden. Man grüßt sich, bleibt für einen Schwatz stehen. Die Nachbarn helfen einander gegenseitig, wenn jemand etwas brauchen sollte. In unsicheren Zeiten merkt man das in kleinen Dörfern wie dem meinigen im Engadin.

Ganz anders in Bern, wo ich in einem riesigen, hässlichen Block in einem Quartier mit noch mehr hässlichen Blocks lebe. Sehr wahrscheinlich wohnen in diesen Blocks mehr Leute als im ganzen Dorf, in dem ich aufgewachsen bin.

Gleich neben meiner Wohnung gibt es noch zwei weitere, Tür an Tür, aber ich kenne meine Nachbarn nicht. Natürlich sieht man sich manchmal im Treppenhaus, aber mehr als einen Gruß gibt man nicht von sich. Ich weiß nicht einmal ihre Namen. Und auf der Straße schauen mich alle ein bisschen seltsam an, wenn ich sie grüße. Obgleich wir eigentlich alles Nachbarn sind.

Aber es ist wohl eine andere Geschichte, wenn man Blocknachbar ist.

Il postin da Bümpliz

Giò la Bassa haun ils postins da quels veiculs scu töffins cun trais roudas ed il remuorch da la posta davousvart. Eau nu se, cu cha que es in otras vschinaunchas in Engiadina e Grischun, ma lo, inua ch'eau sun creschida sü, nu vaivan ils postins da quists töffins. Forsa pervi da la salascheda e'l squassöz cha que dess.

In mincha cas haune giò la Bassa da quels veiculs. E tenor me haun quels avantags e dischavantags. Ün grand dischavantag es ch'els sun vaira quiets. Fich quiets. Ad es impussibel da'ls udir a gnir. Eau d'he già trat da quels sagls, cur cha'l postin sün sieu töffin es filo speravi, ch'eau füss bod crudeda giò dal velo.

Ma cur ch'eau vez cha'l postin da Bümpliz am vain incunter ed eau d'he avuonda temp per ir da la vart, al salüdi adüna. E cun que ch'el es sün sieu töffin uschè quiet, odi eir sia resposta e que am fo ün tel plaschair cha qualchün sün via am salüda ch'eau d'he güst buna glüna pel rest dal di.

Ed adascus d'heja il sentimaint cha que giaja uschè eir ad el.

Gianna

Der Pöstler von Bümpliz

Im Unterland haben die Briefträger diese einem Mofa ähnlichen dreirädrigen Fahrzeuge mit einem Postanhänger hinten. Ich weiß nicht, wie es in anderen Engadiner und Bündner Dörfern ist, aber wo ich aufgewachsen bin, hatten die Pöstler keine solchen Gefährte. Vielleicht weil die Gassen gepflastert sind und es stark holpern würde.

Aber im Unterland haben sie solche Fahrzeuge. Meiner Ansicht nach mit Vor- und Nachteilen. Ein großer Nachteil ist, dass sie recht leise sind. Sehr leise. Es ist unmöglich, sie kommen zu hören. Ich bin schon dermaßen zusammengezuckt, wenn der Postbote mit seinem Töffli an mir vorbeigerast ist, dass ich beinahe vom Velo gefallen wäre.

Sehe ich den Pöstler von Bümpliz jedoch entgegenkommen und habe genügend Zeit, um zur Seite zu gehen, grüße ich ihn immer. Da er auf seinem leisen Mofa fährt, höre ich auch seine Antwort, und darüber freue ich mich so sehr – jemand grüßt mich auf der Straße! –, dass ich für den Rest des Tages gute Laune habe.

Und insgeheim habe ich das Gefühl, dass es ihm genauso geht.

Laver vstieus, cur cha's viva in ün bloc da dudesch plauns, nun es simpel. S-chelas ingiò, tuot illa maschina, s-chelas insü. Per furtüna stuni be sül seguond plaun. Eau pudess eir spetter l'ascensur, ma quel es telmaing plaun e pera adüna dad esser sül dudeschevel plaun, cur ch'eau al drouv, uschè cha ir sü e giò da s-chela es sgür pü svelt.

Il problem es però il seguond gir, dimena darcho giò da s-chela, pronta per piglier our ils vstieus da la maschina e'ls pender sü. Ma la maschina nun es auncha a fin. Schabain ch'eau d'he miss ün timer, dafatta cun ün pêr minuts retard! Que am capita propi mincha vouta. E mincha vouta la listessa dumanda: dessi uossa spetter quels och minuts indichos u dessi darcho ir sü da s-chela, per zieva darcho gnir giò? E lura darcho ir sü?

Eau sun memma chastöra per fer s-chelins. Dimena decidi adüna da spetter. Ed eau spet e spet. E spet. Quels och minuts indichos nu sun mê och minuts. Cu es que pussibel? Quaunta otra roba ch'eau pudess fer in quist temp!

Güst cur cha mieu blastmöz intern dvainta viepü dad ot ch'eau d'he già temma cha'm sbuorfla bainbod qualchosa our d'buocha, s'evra la portina da la maschina cun ün pips. Finelmaing!

Forsa ch'eau d'he quista vouta imprains cha la maschina vo *adüna* pü lönch cu indicho? Prubabelmaing na. Ma almain possi uossa darcho ir sü ill'abitaziun. Cul ascensur. Perche cha per hoz d'heja già druvo avuonda energia.

Gianna

Treppe rauf, Treppe runter

Wäsche waschen, wenn man in einem zwölfstöckigen Block lebt, ist nicht einfach. Treppe runter, alles in die Maschine, Treppe rauf. Zum Glück wohne ich nur in der zweiten Etage. Ich könnte auch auf den Lift warten, aber er ist dermaßen langsam und scheint immer im zwölften Stock zu stehen, wenn ich ihn rufe, dass es bestimmt schneller geht, wenn ich hinauf und hinunter die Treppe benutze.

Das Problem beginnt allerdings beim zweiten Gang, also wieder die Treppe runter, um die Wäsche herauszunehmen und aufzuhängen. Doch die Maschine ist noch nicht zu Ende. Obwohl ich einen Timer gestellt habe, sogar auf einige Minuten länger. Das passiert mir wirklich jedes Mal. Und jedes Mal die gleiche Frage: Soll ich jetzt die angezeigten acht Minuten warten oder wieder die Treppe rauf und kurz darauf wieder runter? Und dann nochmals rauf?

Um Treppen zu steigen, bin ich zu faul. Also entscheide ich mich jeweils fürs Warten. Und ich warte und warte. Und warte. Die angezeigten acht Minuten sind niemals acht Minuten. Wie ist das möglich? Was ich in dieser Zeit alles machen könnte!

Gerade als mein inneres Gefluche zunehmend lauter wird, sodass ich schon befürchte, mir könnte bald etwas über die Lippen sprudeln, öffnet sich die Waschmaschinentür mit einem Pieps. Endlich!

Vielleicht habe ich es diesmal begriffen, dass die Maschine *immer* länger braucht als angezeigt? Wahrscheinlich nicht. Aber wenigstens kann ich jetzt wieder hinauf in die Wohnung. Mit dem Lift. Denn für heute habe ich schon genug Energie verbraucht.

Il pover canapè

Mia patruna passantaiva già in temps normels bgeras uras cun me. Ma daspö ch'ella fo quist *distance learning* taunt modern, nun esa pü da tgnair our. Aunz cha quist teater ho cumanzo, vaivans nus üna bella relaziun. Düraunt il di vaiv'eau mieu pos, la saira turnaiva la patruna e lura passantaivans temp insembel. Nus staivans pachific e guardaivans televisiun. Be fin las desch u las ündesch, zieva stuvaiva ella ir a durmir per esser fitta il di zieva. Uschè vaiv'eau mieu temp per am remetter, per darcho esser pront per cur ch'ella tuorna la saira zieva.

Ma uossa es tuot oter. Tuot il di sto ella a chesa e pervi da que vain pretais da me tuot ün'otra rutina. Nos temp nu's limitescha pü be sülla saira, na, uossa riva ella per part già aunzmezdi a ster pachific! Minchataunt fo ella dafatta ün sönin zieva gianter e cur ch'ella ho lecziuns online, stögl eir eau tadler, perche cha la patruna nu's voul mouver davent da me. E la saira nun ho ella pü üngün urari, il di zieva nun ho ella inamöd üngüns termins.

In üna relaziun vess que dad esser ün der ed ün piglier. Ma ella be piglia, piglia e piglia. Eau nu riv pü. Eau drouv üna posa.

Eau sun bain be ün pover canapè!

Gianna

Das arme Sofa

Meine Besitzerin verbrachte schon in normalen Zeiten viele Stunden mit mir. Aber seit sie zu diesem modernen *distance learning* übergegangen ist, lässt sie sich nicht mehr auf Distanz halten. Bevor das ganze Theater begann, hatten wir eine gute Beziehung. Tagsüber genoss ich meine Ruhe, am Abend kam die Besitzerin zurück und dann verbrachten wir Zeit zusammen. Wir machten es uns gemütlich und schauten fern. Nur bis gegen zehn oder elf, dann musste sie schlafen gehen, damit sie am nächsten Tag wieder fit wäre. So blieb mir Zeit, mich zu erholen, um für ihre Rückkehr am folgenden Abend gewappnet zu sein.

Doch jetzt ist alles anders. Den ganzen Tag verbringt sie zu Hause, weshalb von mir ein ganz anderer Tagesablauf erwartet wird. Unsere gemeinsame Zeit beschränkt sich nicht mehr auf die Abende, nein, zuweilen geht sie jetzt schon am Vormittag zum gemütlichen Teil über! Manchmal macht sie sogar ein Mittagsschläfchen und wenn sie eine Online-Lektion hat, muss auch ich zuhören, weil sie nicht von mir weichen will. Und am Abend hat sie überhaupt keinen Zeitplan mehr, am nächsten Tag stehen bei ihr ohnehin keine Termine an.

In einer Beziehung sollte man geben und nehmen. Aber sie will nur nehmen, nehmen, nehmen. Ich schaffe es nicht mehr. Ich brauche eine Pause.

Ich bin doch nur ein armes Sofa!

Olivenhain

«Die Menschen sind böse [...] doch der Mensch ist von Natur aus gut.» Dies schrieb Jean-Jacques Rousseau, der große Genfer Philosoph. Seine These lautete, vereinfacht zusammengefasst, dass in unserem Kern das Gute stecke, wir jedoch durch unsere Lebensart in der Gesellschaft selbstsüchtig und missgünstig handelten. Natürlich bezog er diese Aussage auf seine Zeit, die zweite Hälfte des 18. Jahrhunderts.

Schauen wir auf die gegenwärtige Welt, so scheint sich nicht viel geändert zu haben. Doch vielleicht sollten wir einmal den Blick nicht allzu sehr in die Ferne richten. Wie sieht es denn in der näheren Umgebung aus? Finden wir hier nicht hauptsächlich gute Menschen? Unsere Familie, unsere Freunde? Auch unter unseren Bekannten, Kollegen und anderen, mit denen wir zu tun haben? Natürlich gibt es Meinungsverschiedenheiten, manchmal sogar ernste Konflikte. Aber wie viele wirklich «böse» Menschen finden wir in unserem Umfeld?

Ein Bekannter von mir, der bedingungslos an das Gute im Menschen glaubt – obwohl er Polizist ist! –, hat im Veltlin Land gepachtet und hundert Olivenbäume gepflanzt. Nebenbei bemerkt: Es ist nicht gesagt, dass diese Bäume so weit nördlich gedeihen und auf die Länge überleben. Er glaubt offenbar auch an das Gute in der Natur.

Jedem Baum hat er den Namen eines guten Menschen gegeben, den er in seinem Leben kennengelernt hat, die Plantage nennt er *Olivenhain der Gerechten*. Damit nicht genug. Er hat für jeden Baum ein kleines Schild angefertigt und darauf angebracht. Auf dieser Plakette steht der von Hand eingravierte Name derjenigen Person, welcher der Baum gewidmet ist.

Eine großartige Idee, finde ich. Und sie hat mich dazu inspiriert, es ihm gleichzutun. Nicht Bäume zu pflanzen, dazu fehlt mir die Möglichkeit, aber wenigstens einmal eine Liste zu erstellen der guten Menschen, die mein inzwischen bald sieben Jahrzehnte dauerndes Leben bereichert haben. Ich bin auf weit über hundert gekommen!

Würde ich die «Bösen» aufschreiben, ich meine die echt schlechten, in ihrem Kern verdorbenen, abgrundtief bösen Menschen, auf wie viele käme ich wohl? Einen, zwei, keinen? Ich weiß es nicht, ich will es gar nicht wissen. Nur die Guten zählen.

Karin

Godet d'olivers

«Ils umauns sun noschs [...] ma l'umaun es bun da natüra.» Quist ho scrit
Jean-Jacques Rousseau, il grand filosof genevrin. Sia tesa d'eira, dit simpel,
cha in nos minz as rechatta il bun, ma cha nus ageschans da möd egoistic
e melvugliaint pervi da nossa maniera da viver illa societed. Natürelmaing
s'ho'l referieu cun quista frasa a sieu temp, nempe la seguonda mited dal
18evel tschientiner.

Scha guardainsa il muond actuel, nu's pera dad avair müdo bger. Ma forsa
nu stuvessans adüna drizzer il sguard memma dalöntsch davent. Cu es que
in noss contuorns? Nu chattainsa cò in prüma lingia buns umauns? Nossa
famiglia, noss amihs? Eir noss cuntschaints, collegas ed oters chi haun da
chefer cun nus? Natürelmaing do que differenzas d'opiniun, minchataunt
dafatta conflicts serius. Ma quaunts umauns propi «noschs» chattainsa
in nos ambiaint?

Ün da mieus cuntschaints chi craja sainza cundiziuns al bun i'l umaun –
adonta ch'el es pulizist! – ho piglio a fit ün terrain in Vuclina ed implanto
tschient olivers. Be per dir: a nun es dit cha quists bös-chs prosperaschan
uschè ferm i'l nord e ch'els survivan a lungia vista. El craja pera eir al bun
illa natüra.

A mincha bös-ch ho'l do il nom d'ün bun umaun ch'el ho imprains a
cugnuoscher in sia vita, la plantascha nomna'l *Godet d'olivers dals güsts.*
E que nun es tuot. El ho fat per mincha bös-ch üna pitschna tevla e l'ho
francheda sül bös-ch. Sün quista tevla es sü il nom ingravo a maun da la
persuna, a la quela l'oliver es dedicho.

Ün'ideja grandiusa, am pera. Ed ella m'ho inspireda da fer il listess. Na
dad implanter bös-chs, quella pussibilited nu d'heja, ma dad almain fer
üna glista culs buns umauns chi haun inrichieu mia lungia vita da bod set
decennis. Eau d'he scrit sü sur tschient noms!

Sch'eau scrivess sü ils «noschs», eau manag quels propi mels, ruinos in
lur minz, umauns profuondamaing crudels, quaunts vessi da scriver sü?
Ün, duos, üngün? Eau nu se, que nu vögl eau niauncha savair. Be ils buns
quintan.

Fnestras iglüminedas

Inviern. Dis pü cuorts, sairas pü s-chüras, fnestras iglüminedas. Da tuot las culuors sun las glüschs in mincha chesa cha's passa speravi.

Ün sguard in stüva, in chadafö, in staunza da qualchün cha nu's cugnuoscha. In mincha fnestra ün'otra scena da la vita d'ün ester. E sainza niauncha vulair observer quistas scenas, as dvainta dandettamaing l'observatur. Passand speravi, be dand ün'öglieda a dretta, a schnestra, già s'ho gieu ün'invista illa vita da qualchün oter.

In ün prossem mumaint sun eau l'observeda, eau in mia fnestra iglümineda. Eau l'estra per qualchün oter. Üna scena da mia vita per quel chi ho observo, sainza vulair, mia fnestra iglümineda.

Gianna

Erleuchtete Fenster

Winter. Kürzere Tage, dunklere Abende, erleuchtete Fenster. In allen Farben strahlen die Lichter in jedem Haus, an dem man vorbeigeht.

Ein Blick in die Stube, in die Küche, ins Zimmer von jemandem, den man nicht kennt. In jedem Fenster eine andere Szene aus dem Leben eines Unbekannten. Und ohne diese Szenen tatsächlich beobachten zu wollen, wird man plötzlich zum Beobachter. Im Vorbeigehen, nur durch einen Blick nach rechts, nach links, schon hat man eine Einsicht in das Leben eines anderen.

Im nächsten Moment werde ich zur Beobachteten, ich in meinem erleuchteten Fenster. Ich die Unbekannte für jemand anderen. Eine Szene meines Lebens für denjenigen, der – ohne es zu wollen – mein erleuchtetes Fenster betrachtet hat.

Prümavaira. Eau d'he uschè gugent la prümavaira! Tuot chi's sdasda darcho, zieva esser sto cuverno in ün linzöl da naiv u tschiera. Ma… prümavaira in Engiadin'Ota? Que es ün pô qualchos'oter.

Pensand vi da la prümavaira bgers chi vezzan il purtret da pros verds, fluors chi flureschan, splerins chi svoulan per que d'intuorn. Per me es prümavaira ün gutter e culer da l'ova da la naiv chi alguainta. Pros verds sun auncha dalönch davent, las prümas minchülettas cuccan già süls prüms flachs sainza naiv – in üert auncha trenta centimeters naiv.

Uschè as tira que suvenz fin in meg, la naiv in üert dvainta pü pocha, ils flachs sainza naiv pü grands, cun adüna dapü minchülettas. L'ova guotta e cula d'ün cuntin, la naiv alguainta adüna dapü. Ma propi prümavaira esa per me pür zieva cha que ho navieu l'ultima vouta. E normelmaing es que in meg. Fin a quel mumaint esa da spetter lönch.

Cur cha eir quist'ultima cuverta da naiv s'ho scholta, giodi quellas pêr eivnas da prümavaira chi sun finelmaing uschè scu per oters già a partir da marz u avrigl. Cun pros verds, fluors chi flureschan e splerins chi svoulan per que d'intuorn.

Gianna

Frühling im Oberengadin

Frühling. Ich habe den Frühling so gern! Alles erwacht, nachdem es von einem Leintuch aus Schnee oder Nebel bedeckt gewesen war. Aber... Frühling im Oberengadin? Das ist ein bisschen etwas anderes.

Vom Frühling haben viele ein Bild vor Augen mit grünen Wiesen, blühenden Blumen, umherflatternden Schmetterlingen. Für mich ist der Frühling das Tröpfeln und Fließen des Wassers vom schmelzenden Schnee. Grüne Wiesen sind noch weit weg, die frühesten Krokusse gucken schon auf den ersten schneefreien Flecken hervor – im Garten noch dreißig Zentimeter Schnee.

So zieht es sich oft bis in den Mai hinein, der Schnee im Garten wird weniger, die schneefreien Flecken größer, mit immer mehr Krokussen. Das Wasser tropft und fließt in einem fort, der Schnee schmilzt und schmilzt. Doch richtig Frühling wird es für mich erst, nachdem es zum letzten Mal geschneit hat. Und normalerweise ist das im Mai. Bis dahin muss man lange warten.

Wenn sich diese letzte Schneedecke aufgelöst hat, genieße ich die paar Wochen Frühling, die endlich auch so sind wie für andere bereits ab März oder April. Mit grünen Wiesen, blühenden Blumen und Schmetterlingen, die überall herumflattern.

Ün'eivna in Engiadina, güst al dret mumaint, cur cha giò la Bassa as metta la tschiera suravi la vita e cun ella la depressiun invernela.

Ün'eivna in Engiadin'Ota traunter tschêl blov, pizs d'zücher fin, larschs d'or e'ls lejs, las perlas da la cuntredgia. A spass tres il god, ün god chi savura da culuors, speravi spelms cun grands noms, lös d'inspiraziun per scriptuors e poets d'üna vouta.

Eau lo, davaunt me la muntagna majestusa chi'm muossa quaunt pitschna ch'eau sun immez la natüra. L'atmosfera, la glüsch, la vista, las savuors, las culuors. Ils sentimaints.

Funtaunas d'inspiraziun, da pü bod scu eir uossa, scu dit, per noms incuntschaints e cuntschaints. Ma, che dessi dir, cun tuot quistas müravaglias as sainta minchün da poet!

Gianna

Ein Blick zurück auf den Herbst

Eine Woche im Engadin, gerade im richtigen Moment, wenn sich im Unterland der Nebel über das Leben legt und mit ihm die winterliche Depression.

Eine Woche im Oberengadin unter blauem Himmel, zwischen wie mit Puderzucker bestäubten Gipfeln, goldenen Lärchen und den Seen, diesen Perlen der Landschaft. Spaziergänge durch den Wald, einen Wald, der nach Farben duftet, vorbei an Felsen mit großen Namen, Orten der Inspiration für Schriftsteller und Dichter von einst.

Ich dort, vor mir der majestätische Berg, der mir zeigt, wie klein ich inmitten der Natur bin. Die Atmosphäre, das Licht, der Ausblick, die Düfte, die Farben. Die Gefühle.

Quellen der Inspiration, früher und heute, für unbekannte und bekannte Namen. Aber, was soll ich sagen, bei all dem Wundervollen fühlt sich jeder als Dichter!

Schutzengel

«Kinder und Uhren dürfen nicht beständig aufgezogen werden. Man muss sie auch gehen lassen.» Wie recht Jean Paul mit dieser Aussage hat, wurde mir richtig bewusst, als mich eine Familie aus dem Flachland mit zwei Kindern, fünf und sieben Jahre, im Engadin besuchte. Es war wohltuend zu beobachten, wie unbesorgt ihre Eltern sie laufen ließen, selbst wenn sie abseits des Wanderweges einen Felsen erklimmen wollten.

Heutzutage scheinen manche Eltern in Dauerangst um ihre Nachkommen zu sein – wohl ein Ausdruck ihrer eigenen Lebensangst. Fortwährend werden die Sprösslinge überwacht, häufig ermahnt durch ein «Pass auf!» und «Nein, nicht!» oder «Komm da runter!». Laut einer deutschen Studie ist die Hälfte aller Kinder unter zwölf noch nie eigenständig auf einen Baum geklettert. Traurig.

Zuweilen höre ich Eltern gar rufen: «Lauf nicht so schnell, sonst fällst du!» Na und? Pflaster auf das aufgeschürfte Knie und weiter geht's. Solch überbehütende Eltern kannte ich im Italien meiner Kindheit der 50er- und 60er-Jahre zur Genüge, wo der Satz «Renn nicht, sonst schwitzt du!» ständig ertönte; ja klar, nassgeschwitzt könnte man sich ja bei dreißig Grad im Schatten eine Lungenentzündung holen.

Nicht so meine schweizerische Mutter. Ich durfte mit sechs Jahren als einzige meiner Klasse unbegleitet zur Schule gehen, und das in der Stadt, und kaum konnte ich mit sieben ordentlich schwimmen, allein im See baden. Noch viel mehr Freiheiten ließ sie mir, als wir in die Schweiz zogen. Es war damals hier üblich und niemandem wäre es eingefallen, die Kinder zur Schule zu fahren oder draußen zu beaufsichtigen. Wir waren alle wild und abenteuerlustig, hatten das ganze Dorf, Wiesen, Bach und Wald als Spielplatz.

Es war schön. Dabei haben wir viel gelernt. Und überlebt haben wir auch, unsere Schutzengel passten gut auf uns auf. Doch macht man die Kinderschutzengel arbeitslos – fühlen sie sich dann nicht unnütz, werden nachlässig und unaufmerksam und sind nicht zur Stelle, wenn sie wirklich gebraucht werden?

Karin

Aungels protectuors

«Iffaunts ed uras nu paun adüna gnir trats sü. Tü als stust eir lascher ir.»
Jean Paul ho bain radschun cun quista frasa, m'es ultimamaing darcho
gnieu consciaint, cur ch'una famiglia cun duos iffaunts da tschinch e set ans
m'ho fat una visita sü da la Bassa. Que ho fat bain al cour dad observer
cha'ls genituors als haun laschos ir sainza pissers, dafatta sch'els vulaivan
rampcher sü per ün spelm sper la senda.

Hozindi pera tscherta glieud dad avair üna temma permanenta per
lur descendents – que saro ün'expressiun da lur egna temma da vita. Ils
pitschens vegnan survaglios d'ün cuntin, admunieus tuot il temp cun
«Fo attenziun!» e «Nu fer que!» ubain «Vè giò da lo!». Seguond ün stüdi
tudas-ch nun es la mited dals iffaunts suot dudesch ans auncha mê ramp-
cheda suletta sün ün bös-ch. Trist.

Minchataunt odi dafatta genituors chi claman: «Nu cuorrer uschè svelt,
uschigliö croudast!» E lura? Ün implaster sül schnuogl scurcho e già vo que
inavaunt. Da quels genituors sur-perchürants d'heja cugnuschieu düraunt
mia infanzia in Italia dals ans 50 e 60 pü cu avuonda; regulermaing s'udiva
la frasa «Nu cuorrer, uschigliö süjast!». Schi cler, bletsch cregn da la süjur
tar trenta gros illa sumbriva, cò as pudess clapper la puoncha.

Cun mia mamma svizra d'eira que però oter. Cun ses ans d'heja pudieu
chaminer suletta a scoula, ed in cited, scu unica da mia classa. Güst cur
ch'eau vaiva imprains a nuder inandret cun set ans, m'ho mia mamma
permiss da fer il bagn suletta aint il lej. Auncha dapü liberteds d'heja gieu,
cur cha'd essans ieus a ster in Svizra. Que d'eira üsito da quella vouta e que
nu füss gnieu adimmaint ad üngün da purter ils iffaunts a scoula cul auto u
da'ls survaglier dadour. Nus d'eirans tuots sulvedis ed aventüraivels, tuot
la vschinauncha, ils pros, l'ovel e'l god d'eiran nossa plazza da giuver.

A d'eira bel. Uschè vainsa imprains bger. E survivieu vainsa eir, noss
aungels protectuors haun fat bain attenziun da nus. Ma scha tuot ils aun-
gels protectuors dals iffaunts sun dischoccupos – nu's saintane lura inütils,
dvaintan negligiaints e distrats e nu sun preschaints, cur ch'els gnissan
propi druvos?

Renaturiert

«*Das Leben schläft in den Steinen, atmet in den Pflanzen, träumt in den Tieren und erwacht in den Menschen.*» ... und als der Mensch erwachte, begann er, das schlafende, atmende, träumende Leben zu zerstören. So könnte man dieses Sprichwort, das auf einer Informationstafel am Ufer des renaturierten Inn steht, fortsetzen. Irgendetwas müssen wir an der biblischen Anweisung, uns die Erde zu unterwerfen und über die Tiere zu walten, missverstanden haben. Denn wer Herrschaft ausübt, hat auch die Pflicht, gut für die Untertanen zu sorgen, und darf sie nicht ausbeuten bis hin zur Vernichtung.

Allzu viel Rücksicht konnten sich unsere Vorfahren allerdings nicht leisten. Wilde Tiere waren eine echte Bedrohung, sie mussten getötet werden, und Überschwemmungen führten zu Hungersnöten, sodass die Flüsse eingedämmt und in künstliche Betten gezwungen wurden. Das sei unseren Ahnen verziehen, es ging bei ihnen ums nackte Überleben. Unsere Generation hingegen rottet aus, zerstört die Natur aus reiner Profitgier und in vollem Bewusstsein und entzieht damit unseren Nachkommen die Existenzgrundlage.

Gut, dass es auch Gegenbewegungen gibt, Bemühungen, friedlich mit der Natur und nicht gegen sie zu leben. Wie im Engadin, wo der Inn, dieser Leben spendende Fluss, der hoch oben in den Bergen als Wildbach entspringt und zusammen mit der Donau bis zur Mündung im Schwarzen Meer zu einem majestätischen Strom anwächst, mit großem finanziellen Aufwand renaturiert wird – in den natürlichen Zustand zurückgeführt, der Natur gewissermaßen zurückgegeben wird. Er darf sich seinen Lauf selbst suchen, sich ausbreiten, mäandern, bei Hochwasser die Auen überfluten.

Ich wandere gern an seinem Ufer entlang. Er vermittelt mir ein Gefühl von Freiheit, Grenzenlosigkeit, in seinen natürlichen Nischen auch von Geborgenheit und bei der Vielfalt der Tiere, die sich dort wieder angesiedelt haben, Ermutigung und Zuversicht, dass es uns um fünf vor zwölf doch noch gelingen könnte, die drängenden Umweltprobleme zu lösen und das Fortbestehen der Menschheit zu sichern.

Und wenn nicht... Der Inn ist mir in seinem steten Fließen auch ein Symbol des ewigen Kreislaufs, der Unendlichkeit des Lebens unseres Planeten und des Universums. Mit oder ohne die Spezies Mensch, das ist dem Inn egal.

Karin

Renatüro

«La vita dorma illa crappa, respira illas plauntas, s'insömgia illas bes-chas e's sdasda i'ls umauns.» …e cur cha l'umaun s'ho sdasdo, ho'l cumanzo a desdrür la vita chi dorma, respira e s'insömgia. Uschè as pudess cuntinuer quist proverbi scrit sün üna tevla d'infurmaziun a la riva da l'En renatüro. Qualchosa stuvains avair inclet fos vi da la prescripziun biblica chi disch da'ns suottametter la terra e da regner sur da las bes-chas. Chi chi fo nempe da regent, ho eir il dovair da pisserer cha'ls suottamiss stettan bain e nu'ls po butiner fin a lur extirpaziun.

Da piglier memma resguard nu's pudaivan noss antenats però praster. Bes-chas sulvedgias d'eiran üna drett'imnatscha, ellas stuvaivan gnir cuppedas, ed inundaziuns chaschunaivan faminas, uschè cha s'ho fat cuntschets e sfurzo ils flüms in lets artificiels. Que saja parduno a noss perdavaunts, tar els as trattaiva que simplamaing da surviver. Nossa generaziun percunter desdrüa la natüra per püra schmagna per profit ed in plaina conscienzcha e privescha cun que a noss descendents da la basa per l'existenza.

Bun cha que do eir cuntramuvimaints, fadias per viver paschaivelmaing cun e na cunter la natüra. Scu in Engiadina, inua cha l'En – quist flüm chi porta vita, chi ho sia funtauna ot illas muntagnas e chi crescha cul Danubi ad ün flüm majestus fin ch'el s'imbuocha i'l Mer Nair – vain renatüro cun bgers raps e mno inavous in sieu stedi natürel. El tuorna a la natüra, per uschè dir. El as po tschercher svess sia via, s'extender, as stortiglier, inunder las agnas tar ovazuns.

Eau chamin gugent lung sia riva. El am do ün sentimaint da liberted, sainza cunfins, in sias nischas natürelas eir sgürezza. La diversited da las bes-chas chi s'haun domiciliedas lo, am fo curaschi e spraunza cha que'ns pudess listess auncha gratager l'ultim mumaint da schoglier ils problems da l'ambiaint uschè urgiaints e da sgürer la cuntinuited da l'umanited.

E scha que nu gratagia… L'En chi cula constantamaing es eir ün simbol d'ün gir etern, da l'infinited da la vita da nos planet e da l'univers. Cun u sainza la spezcha umauna, a l'En es que listess.

Willensfreiheit

«Der Mensch kann zwar tun, was er will, er kann aber nicht wollen, was er will.» Ich muss schon zweimal hinhören – oder nachlesen –, bevor sich mir dieses Zitat von Arthur Schopenhauer restlos erschließt. Dann überfällt mich aber gleich die alte Frage, die mich seit meiner Jugend beschäftigt: Besitzt der Mensch einen freien Willen oder ist sein Handeln in irgendeiner Weise fremdbestimmt, sei es nun genetisch oder durch eine höhere Macht?

Mir fällt eine Anekdote über Napoleon ein. Da er ständig vom Schicksal redete, wurde er einmal gefragt, warum er dann überhaupt noch nachdenke und plane. Er antwortete: «Weil es das Schicksal ist, das will, dass ich plane.»

Im Grunde genommen spielt es keine Rolle, ob ich jederzeit frei entscheide oder ob mein Leben einem Drehbuch gleich aufgeschrieben ist und ich nichts weiter bin als eine Schauspielerin auf der Weltbühne, die ein Drama – zuweilen eher ein verworrenes Lustspiel – nach den Anweisungen eines nicht wahrnehmbaren, mysteriösen Regisseurs darbietet. Da ich nicht weiß, welche Variante zutrifft, bleibt mir nichts anderes übrig, als Entscheidungen nach bestem Wissen und Gewissen zu treffen.

Manchmal ziehe ich es allerdings vor, an die Vorbestimmung und Lenkung durch eine höhere Macht zu glauben, in der Hoffnung, dieser Puppenspieler, der die Fäden zieht, sei weiser als wir Menschen. Die Vorstellung, dass jeder dank seines freien Willens auf das Weltgeschehen einwirken kann, ist nämlich ganz schön beängstigend, vor allem in der gegenwärtigen Zeit der selbstverliebten, arroganten, machtbesessenen Herrscher in West und Ost.

Aber natürlich sträubt sich dabei auch etwas in mir. Ich will doch nicht nur eine Marionette sein! Ich will selbst über mein Leben bestimmen. Ich will Fehler machen und daraus lernen. Ich will Gutes tun und wissen, dass ich mich frei dafür entschieden habe. Obwohl mir natürlich klar ist, dass mein freier Wille und alle meine Bemühungen nicht zwangsläufig zu den angestrebten Ergebnissen führen. Andererseits fällt mir mitunter ja auch etwas in den Schoß, wofür ich meinen Willen nicht eingesetzt und überhaupt nichts getan habe.

Also, was nun? Vorbestimmung oder freier Wille? Vielleicht einfach nur zwei Seiten der gleichen Medaille, mal freier Wille und mal Vorbestimmung.

Karin

Voluncted e destin

«L'umaun po bainschi fer que ch'el voul, ma el nu po vulair que ch'el voul.»
Eau d'he da tadler – u ler – duos voutas, aunz cu incler cumplettamaing quist
citat dad Arthur Schopenhauer. Lura tuorna darcho la listessa dumanda chi
m'occupa daspö mieu temp da giuventüna: posseda l'umaun üna voluncted
libra u es l'agir dicto da l'ester, saja que geneticamaing u tres üna pussaunza
pü ota?

A me vain adimmaint ün'anecdota sur da Napoleun. Cun que ch'el discur-
riva tuot il temp dal destin, l'ho qualchün üna vouta dumando, perche ch'el
refletta e planisescha insomma auncha. El ho respus: «Perche cha que es il
destin chi voul ch'eau planisescha.»

Insè nu dependa, sch'eau decid mincha mumaint libramaing u scha mia
vita segua ad ün scenari ed eau nu sun ünguott'oter cu ün'actura sül palc
dal muond chi preschainta ün drama – minchataunt pütost üna cumedgia
cumplicheda – tenor ils inviamaints dad ün redschissur misterius e mela-
paina visibel. Cun que ch'eau nu se che varianta chi'd es güsta, nu'm resta
ünguott'oter cu da decider seguond meglder savair e pudair.

Minchataunt prefereschi però da crajer vi dal destin manascho dad üna
pussaunza pü ota, illa sprunza cha quel chi tira ils fils da las marionettas
saja pü sabi cu nus umauns. L'ideja cha minchün influenzescha que chi capita
sül muond grazcha a sia voluncted libra fo temma, impustüt i'l temp dad hoz
cun regents i'l vest ed ost chi sun arrogants, fanatics ed inamuros in se stess.

Ma natürelmaing s'oppuona eir qualchosa in me. Eau nu vögl bain na esser
be üna marionetta! Eau vögl decider svess da mia vita. Eau vögl fer sbagls
ed imprender sbagliand. Eau vögl fer dal bain e savair ch'eau d'he decis
da fer que libramaing. Schabain cha que m'es cler cha mia voluncted libra e
tuot mieus sforzs nu portan necessariamaing als resultats giavüschos. Da
l'otra vart pera però minchataunt scu scha qualchosa crudess giò da tschêl,
schabain ch'eau nu d'he druvo mia voluncted e nu d'he insomma fat ünguotta
per que.

Dimena, che esa uossa? Destin u voluncted libra? Forsa be duos varts da la
listessa medaglia, cò voluncted libra e lo destin.

A chesa vains nus üna granda fnestra. Güst dadourvart es ün üert sulvedi, surlascho a la natüra. E la vista sül Piz d'Esan. Il verd da l'üert am calma e la bella vista m'algorda, in che lö stupend cha nus vains il privilegi dad abiter.

Üna pü bella plazza per metter no üna maisa e lavurer nu do que! Que es dimena ün dals lös in chesa, inua ch'eau lavur il pü gugent. Ma… lavurer es forsa ün pô exagero. Adüna cur ch'eau d'he l'intenziun da tschanter no e lavurer, capitan uschè bgeras robas interessantas dadour la fnestra. Las nüvlas haun fuormas specielas chi m'algordan a creatüras imaginaras, il sulagl do güst uschè üna bella glüsch a la muntagna, las culuors da la natüra sun uschè intensivas, saja que blov, verd, orandsch u alv. Ils utschels sotan traunter ils bös-chs ed ils giats sun lur spectatuors.

Ed aunz ch'eau bad, ho il sulagl darcho müdo la culur dal piz ed ad es saira, il sulagl tramunta e per me esa temp da glivrer da lavurer. Ma apunto, lavuro nu d'heja a la fin propi bger…

Gianna

Der Tisch am Fenster

In unserem Haus gibt es ein großes Fenster. Direkt davor ist ein wilder Garten, der Natur überlassen. Und man blickt auf den Piz d'Esan. Das Grün des Gartens beruhigt mich und die wunderbare Aussicht erinnert mich daran, an welch schönem Ort wir das Privileg haben zu wohnen.

Einen besseren Platz, um einen Tisch hinzustellen und daran zu arbeiten, gibt es nicht! Das ist also einer der Orte im Haus, wo ich am liebsten arbeite. Aber… arbeiten ist vielleicht ein bisschen übertrieben. Immer wenn ich die Absicht habe, dort zu sitzen und etwas zu tun, ereignen sich so viele interessante Dinge vor dem Fenster. Die Wolken haben besondere Formen, die mich an Fantasiewesen erinnern, die Sonne schenkt dem Berg gerade ein schönes Licht, die Farben der Natur sind dermaßen intensiv, sei es blau, grün, orange oder weiß. Die Vögel hüpfen zwischen den Bäumen und die Katzen sind ihre Zuschauer.

Und bevor ich es merke, hat die Sonne die Farbe des Gipfels verändert, es ist Abend, die Sonne geht unter, für mich wird es Zeit, mit dem Arbeiten aufzuhören. Aber eben, gearbeitet habe ich letztendlich nicht wirklich viel…

Pflicht und Freude

«Ich schlief und träumte, das Leben sei Freude. Ich erwachte und sah, dass das Leben Pflicht ist. Ich handelte und siehe, die Pflicht war Freude.» Wie recht Rabindranath Tagore hat, weiß ich heute. Früher hingegen überkam mich zuweilen Frustration, wenn mein Leben gerade wieder einmal nur aus Verpflichtungen zu bestehen schien. Einem Bekannten bei der Steuererklärung helfen, die Autoreifen wechseln, das Nachbarskind hüten, ein unangenehmes Telefongespräch endlich erledigen und und und. Natürlich neben den Alltagspflichten von Job und Haushalt. Wo blieb da noch Zeit für das Vergnügen, das angeblich nach der Pflicht kommt?

Vor vielen Jahren, als ich mit Roberto in einer Wochenendbeziehung zusammen war, traf ich einmal an einem frühen Samstagnachmittag bei ihm ein und freute mich darauf, etwas mit ihm zu unternehmen. «Zuerst muss ich noch die Wäsche bügeln, die ich heute Morgen gewaschen habe», sagte er.

«Jetzt?», meinte ich ungläubig. «Das kannst du doch machen, wenn ich wieder weg bin!»

«Nein», erklärte er, «es ist wichtig, immer das zu tun, was unmittelbar ansteht.» Ich wollte protestieren, doch er ließ mich nicht zu Wort kommen und fragte mich: «Empfindest du denn keine Freude, wenn du deine Pflicht tust? Und hast du eine Ahnung, wie viel Energie du immer in Lustlosigkeit und Aufschieben verschwendest?»

Damals kannte ich Tagores Zitat noch nicht und hatte mir in der Tat nie Gedanken darüber gemacht. In meinem Alltag gab es immer viel «Muss» und wenig «Darf». Schon ein bisschen trist, wenn ich es mir genau überlegte. Doch ein Ausweg, eine Flucht aus meinen Verpflichtungen war natürlich nicht möglich. Roberto übertrieb es, davon blieb ich überzeugt, aber bestimmt sollte ich lernen, alle meine Pflichten als Freuden zu betrachten.

Ich habe es versucht, es ist mir gelungen – na ja, weitgehend. Jedenfalls gibt es seit Langem in meinem Leben eine Menge «Darf» und nur noch ganz wenige «Muss».

Karin

Dovair e plaschair

«Eau durmiva e m'he insömgio cha la vita saja plaschair. Eau sun sdasdo e d'he vis cha la vita es dovair. Eau d'he agieu e vis cha'l dovair es plaschair.» Hoz seja cha Rabindranath Tagore ho radschun. Da pü bod d'eiri adüna frustreda, scha mia vita paraiva darcho üna vouta da consister be da dovairs. Güder ad ün cuntschaint a fer la declaraziun d'impostas, müder ils pneus da l'auto, chürer l'iffaunt dals chantunais, finelmaing fer quel telefonat dischagreabel ed uschè inavaunt. Tuot, s'inclegia, sper ils dovairs dal minchadi da lavur e chaseda. Inua d'eira lura auncha temp pel plaschair, chi vain apparaintamaing zieva il dovair?

Avaunt bgers ans, cur ch'eau d'eira insembel cun Roberto in üna relaziun da fin d'eivna, suni üna vouta riveda tar el la sanda zievamezdi e m'he allegreda da fer qualchosa cun el. «Il prüm stögli auncha fer our cul fier l'altschiva ch'eau d'he lavo quista bunura», ho'l dit.

«Uossa?», d'heja managio surpraisa. «Que poust bain fer, cur ch'eau sun darcho davent!»

«Na», ho'l declaro, «ad es important da fer adüna que chi vain güst scu prossem.» Eau d'he vulieu protester, ma el nu m'ho lascho gnir a pled: «Nun hest tü vairamaing mê plaschair, cur cha hest fat tieus dovairs? E sest tü insomma quaunt'energia cha tü sguazzast adüna per esser sainza vöglia e spuster tuot sün pü tard?»

Quella vouta nu cugnuschaivi auncha il citat da Tagore e nu'm vaiva pelvair auncha mê fatta impissamaints da que. In mieu minchadi daiva que bger «stuvair» e poch «pudair». Vaira trist, sch'eau stüdg ün pô pü precis. Ma la soluziun da fügir da mieus dovairs nu d'eira natürelmaing pussibla. Roberto vaiva exagero, da que suni aunch'adüna persvasa, ma sgür cha que faiva sen da vzair mieus dovairs scu plaschairs.

Eau d'he pruvo, que m'es gratagio – vo bain, almain per granda part. In mincha cas do que uossa già lönch in mia vita bger «pudair» e be poch «stuvair».

Reglas

Que do tschertas reglas chi nu sun scrittas inüngür sün tevlas da crap e listess pera la granda part da la glieud in nossa societed dad esser daperüna cha quistas reglas existan.

Scha's tschainta per exaimpel no tar üna persuna estra aint il tren, lura nu's tschainta normelmaing ne sper ne visavi quella persuna, dimpersè a traviers dad ella. Uschè haun auncha tuots duos avuonda plazza per las chammas e sül sez dasper u visavi esa auncha plazza per la buscha. Ün'otra regla chi pera dad esser bain stabilida es cha que's lascha scu prüm sortir a las persunas dal tren u dal bus, aunz cha s'aintra. Cler, que do adüna persunas chi noudan cunter la massa.

Simil es que aint il aviun, inua cha in üna lingia cun trais sezs pera da valair la regla cha's lascha ils bratschöls a la persuna tschanteda in mited.

Tuot quistas reglas sun in uorden, eau sun perincletta e sun da l'avis ch'ellas fatschan eir sen. Ma perche nu pera üngün da savair cha scha's voul ster sü dal sez aint il aviun, nun es que in uorden da strer vi dal sez davaunt? U es que forsa üna regla cuntschainta a tuot las persunas oter cu a quellas chi sun adüna tschantedas davous me? Strer vi da mieu sez güda bainschi a la persuna davous me da ster sü, ma a me sgualatta que circa our las plombas! Ster sü aint il aviun nun es uschè simpel, eau se, ma's puzzer vi da l'egen sez füss prüma pü simpel e seguonda nu disturbess que ad üngün.

Gianna

Regeln

Es gibt gewisse Regeln, die nirgends in Steintafeln gemeißelt sind, dennoch scheint sich ein großer Teil der Menschen unserer Gesellschaft darüber einig zu sein, dass diese Regeln existieren.

Wenn man sich beispielsweise im Zug zu einem Unbekannten setzt, dann normalerweise weder neben ihn noch vis-à-vis, sondern schräg gegenüber. Dadurch haben beide genug Beinraum und auf dem Sitz daneben oder gegenüber bleibt Platz für den Rucksack. Eine andere Regel, die etabliert scheint: Man lässt zuerst die Leute aus dem Zug oder dem Bus aussteigen, bevor man hineingeht. Klar, es gibt immer welche, die gegen den Strom schwimmen.

Ähnlich im Flugzeug, wo bei einer Reihe mit drei Sitzen die Regel zu lauten scheint, dass man die Armlehnen demjenigen überlässt, der in der Mitte sitzt.

Alle diese Regeln sind in Ordnung, ich bin damit einverstanden und finde sie sinnvoll. Aber warum weiß offenbar niemand, dass wenn man sich im Flieger vom Sitz erhebt, es nicht in Ordnung ist, sich am Vordersitz hochzuziehen? Oder ist diese Regel etwa allen bekannt außer denjenigen, die jeweils hinter mir sitzen? An meinem Sitz zu zerren, mag der Person hinter mir beim Aufstehen helfen, aber mich schüttelt es komplett durch! Im Flugzeug aufzustehen, ist nicht so leicht, das weiß ich, aber sich vom eigenen Sitz abstoßen, ist erstens einfacher und zweitens stört es niemanden.

Mia regla numer ün

Avaunt ün pêr ans d'he eau definieu per me üna regla. Ün'unica regla, sch'eau d'he da fer ün viedi. Il mez da transport es listess e mincha viedi chi düra passa ün'ura es pertucho da quista regla. Quista è'la, mia regla numer ün: piglia adüna cun te qualchosa da manger.

Quista regla es naschida in üna situaziun d'urgenza. Eau d'eira in Australia e davaunt me ün viedi da set uras cul bus. L'unic damanger ch'eau vaiva cun me: ün paquettin cun crackers e chaschölins. Quels paraivan circa fondü illa chalur da l'Australia e'ls crackers d'eiran süttischems.

Las set uras aint il bus nu d'heja giodieu ma niauncha zich.

Ed in quella situaziun da misiergia es apunto naschida mia regla: piglia adüna cun te qualchosa da manger. Uossa dependa que però natürelmaing in prüma lingia da mia memoria, sch'eau riv da'm tgnair vi da la regla u brich, e da mia memoria nu'm possi displaschaivelmaing fider. Normelmaing schmaunchi apunto quist'unica regla ch'eau d'he.

In quels mumaints resta be da sperer cha'ls oters passagers nun odan cu cha que sbarbuoglia in mieu vainter. U forsa, scha qualchün udiss, partiss quella persuna dafatta cun me sia marenda!

Gianna

Meine Regel Nummer eins

Vor einigen Jahren legte ich für mich eine Regel fest. Eine einzige Regel, falls ich eine Reise mache. Das Transportmittel ist egal und jede Reise von über einer Stunde unterliegt dieser Regel. So lautet sie also, meine Regel Nummer eins: Nimm immer etwas zu essen mit.

Die Regel wurde in einer Notsituation geboren. Ich war in Australien und vor mir lag eine siebenstündige Busreise. Mein einziger Vorrat bestand aus einem Päckchen Crackers und Scheibenkäse. Dieser schmolz in der australischen Hitze wie Fondue und die Crackers waren total ausgetrocknet.

Die sieben Stunden im Bus habe ich nicht genossen, ganz und gar nicht.

Und in dieser elenden Lage wurde dann eben meine Regel geboren: Nimm immer etwas zu essen mit. Nun hängt es natürlich in erster Linie von meinem Gedächtnis ab, ob es mir gelingt, mich an die Regel zu halten oder nicht, und leider kann ich diesem nicht vertrauen. Normalerweise vergesse ich ausgerechnet die einzige Regel, die ich habe.

In solchen Momenten bleibt nur zu hoffen, dass die anderen Passagiere nicht hören, wie es in meinem Bauch rumort. Oder vielleicht doch – wenn jemand es hören würde, wäre er bestimmt bereit, seinen Zvieri mit mir zu teilen!

Gehorsam

«Regeln sind dazu da, dass der Weise sich daran orientiert und der Dummkopf ihnen gehorcht.» Was hat sich Douglas Bader, der heldenhafte britische Pilot des Zweiten Weltkriegs, bei diesem Spruch bloß gedacht? Regeln gelten doch immer für alle, ausnahmslos! Darauf beruht schließlich unser gesellschaftliches Zusammenleben, wollen wir nicht in Chaos und Anarchie versinken.

Es gibt unzählige Regeln, mit denen ich tagtäglich konfrontiert bin, im Straßenverkehr, am Arbeitsplatz und in der Schule, im Fitnesscenter, im Mehrfamilienhaus, in Theater und Kino, Zug und Bus, beim Sprechen und Schreiben und in unzähligen anderen Situationen. Ganz zu schweigen von den vielen offiziellen Gesetzen und Vorschriften. Alle gilt es pflichtbewusst und exakt zu befolgen. Deswegen bin ich doch kein Dummkopf, oder?! Wo kämen wir denn hin, wenn jeder nach seinem gesunden Menschenverstand urteilte und handelte? Obwohl… Da fällt mir eine Geschichte aus dem alten Indien ein.

Ein weiser Meister war mit seinen Jüngern unterwegs auf einem offenen Ochsenkarren. Er wollte ein bisschen schlafen und trug den Schülern auf: «Seid achtsam, falls wegen der holprigen Landstraße etwas vom Wagen fällt!»

Als er nach einer Weile aufwachte und um etwas zu trinken bat, sagten ihm die Jünger, es sei nichts mehr da, denn die Wasserflasche sei hinuntergefallen. Der Meister schimpfte mit ihnen, aber sie rechtfertigten sich: «Wir haben deine Regel doch befolgt und genau darauf geachtet: Es geschah an der letzten Weggabelung.»

Geduldig erklärte ihnen der Meister, falls etwas hinunterfalle, sollten sie es aufheben und auf den Karren laden, und legte sich wieder hin. Nach kurzer Zeit wachte er auf, weil es fürchterlich stank: Die Jünger hatten den Kot des Ochsen aufgeladen.

Jetzt erstellte der Meister eine Liste mit allem Wichtigen auf dem Wagen, das nicht verloren gehen durfte, übergab sie seinen Schülern und schlief erneut ein.

Als der Karren in ein tiefes Schlagloch fuhr, fiel der Meister hinunter auf die Straße. Die Schüler schauten auf die Liste, aber «Meister» stand nicht darauf, und sie fuhren unbekümmert ohne ihn weiter.

Und wenn er nicht gestorben ist, dann liegt er da noch heute – und meditiert über die Aussage von Douglas Bader.

Karin

Obedientscha

«Reglas sun cò per cha'l sabi as possa orienter landervi e'l pluffer las obede-scha.» Che ho Douglas Bader, l'eroic pilot britannic da la Seguonda Guerra mundiela, be penso cun dir quista frasa? Reglas velan bain per tuots, sainza excepziun! Sün que as basescha a la fin dals quints nossa vita cumünaivla, scha nus nu vulains sfundrer in caos ed anarchia.

Que do fich bgeras reglas cullas quelas eau sun confrunteda mincha di, sün via, a la lavur ed a scoula, i'l center da fitness, in üna chesa cun püssas abitaziuns, a teater e kino, tren e bus, cun discuorrer e scriver ed in bge-rischmas otras situaziuns. A nun es niauncha da cumanzer cun las bgeras ledschas e prescripziuns ufficielas. Tuot es dad obedir conscienzchusamaing ed exactamaing. Perque nu suni bain na üna plufra, u?! Inua gessans a finir, scha minchün güdichess ed agiss tenor sieu egen saun inclet? Schabain cha… Cò am vain adimmaint ün'istorgia da la veglia India.

Ün maister sabl d'eira per via cun sieus scolars sün ün char da bouvs aviert. El vulaiva durmir ün pô ed ho do la lezcha als scolars: «Stè attents in cas cha qualchosa crouda giò dal char pervi dal stredun melgualiv!»

Cur ch'el s'ho sdasdo zieva pocha pezza, ho'l dumando per qualchosa da baiver, ma ils scolars haun dit cha que nun hegia pü ünguotta, perche cha la butiglia d'ova saja crudeda giò. Il maister ho dit trid ad els, ma els s'haun güstifichos: «Nus vains obedieu a tia regla e fat bain attenziun: ad es capito tar l'ultim spartavias.»

Pazchaintamaing ho il maister declaro cha sch'üna chosa crouda giò, la dessane piglier sü e charger sül char, e s'ho darcho miss giò. Poch pü tard s'ho'l sdasdo pervi d'üna spüzza schnuaivla: ils scolars vaivan piglio sü la grascha dal bouv.

Uossa ho il maister scrit üna glista cun tuot las robas importantas sül char chi nu pudaivan ir a perder, l'ho deda als scolars ed ho durmieu inavaunt.

Cur cha'l char es passo tres üna foura chafuolla, es il maister crudo giò sün via. Ils scolars haun guardo sülla glista, ma «maister» nu d'eira scrit sü ed els haun cuntinuo lur viedi sainza pissers e sainza el.

E sch'el nun es mort, gescha'l lo aunch'hoz – e meditescha da la frasa da Douglas Bader.

Schutzraum

«Wer zu bequem ist, selber zu denken und selber sein Richter zu sein, der fügt sich eben in die Verbote, wie sie nun einmal sind. Er hat es leicht.» Diese Worte könnte Hermann Hesse zum jungen Araber gesprochen haben, der dank eines Stipendiums zum Studium in die Schweiz kam und den ich während der Eingewöhnung in die fremde Kultur begleitete. Er hatte sein abgeschiedenes Dorf am Rande der Wüste zum ersten Mal verlassen und von der Welt keine Ahnung. Etwa noch nie mit Messer und Gabel gegessen oder einen Fuß auf eine Rolltreppe gesetzt. Ich musste ihm vieles beibringen wie einem kleinen Kind und lächelte oft verstohlen über seine ungeschickten Versuche. Anders als ein unbeschwertes Kind fragte er mich laufend, ob er dies oder jenes dürfe, er wagte kaum zu atmen ohne meinen Segen.

An der Uni fand er schnell gute Freunde und entdeckte dabei eine freie, unkomplizierte Lebensweise, die ihm gefiel und ihm nicht «vom Teufel» schien, wie man es ihn daheim gelehrt hatte. Die Prinzipien seiner Kultur und Religion waren indes fest in ihm verankert und stürzten ihn in innere Konflikte. Oft verwünschte er seinen freien Willen und seine Eigenverantwortung und sehnte sich nach der früheren Schwarz-Weiß-Optik und nach der Dorfgemeinschaft, die alles sah und unerbittlich darüber wachte, dass er nichts Verbotenes tat. Einmal sagte er ganz verzweifelt zu mir, er habe seinen Schutzraum verlassen und wisse nicht mehr, was gut und was böse sei. Es ging dabei nie um tiefe philosophische Fragen, sondern bloß um für uns Selbstverständliches, wie mit Freunden ein Glas Wein trinken oder allein mit einer Frau ausgehen.

Auch hierzulande schätzen viele Menschen Normen, Regeln und Konventionen, denn sie geben ihnen Sicherheit. Nicht vor einem strafenden Gott, an den sie ja oft nicht mehr glauben, aber die Sicherheit, durch ihr gesellschaftskonformes Verhalten von ihrem Umfeld akzeptiert, nicht verurteilt zu werden. Deshalb fügen sie sich unkritisch in all das «So-muss-man-sein» und «Das-macht-man-nicht».

Ich verstehe es nicht. «Man»? Wer ist denn «man»? Ich bin ich, du bist du. Bei diesen Man-Geboten und -Verboten können also nicht wir gemeint sein. Dann treten wir doch zuversichtlich und freudig aus unserem Schutzraum hinaus ins Freie! Der Himmel straft vielleicht ein «Man», aber gewiss nie unschuldige Außenstehende – wie ein Du und ein Ich.

Karin

Refügi

«Chi chi'd es memma cumadaivel da stüdger svess e d'esser sieu egen güdisch, as suottametta als scumands uschè scu ch'els sun. Quel ho simpel.»
Quists pleds pudess Hermann Hesse avair dit al giuven Arab chi'd es gnieu in Svizra grazcha ad ün stipendi pel stüdi e ch'eau d'he accumpagno düraunt ch'el s'adüsaiva a la cultura estra. El vaiva banduno per la prüma vouta sia vschinauncha isoleda a l'ur dal desert e nu vaiva üngün'ideja dal muond. El nu vaiva per exaimpel auncha mê mangio cun curtè e furchetta u miss ün pè sün üna s-chela rudlanta. Eau al d'he musso bger scu ad ün pitschen iffaunt e surriaiva suvenz adascus da sias tentativas melsvoutas. Oter cu ün iffaunt sainza pissers am dumandaiva'l tuotta pezza, sch'el possa fer quist u que, el as ris-chaiva melapaina da respirer sainza mia benedicziun.

A l'universited ho'l svelt chatto buns amihs ed ho cun que scuviert ün möd da viver liber e poch cumplicho. Que'l plaschaiva e nu'l paraiva d'esser «dal diavel», scu ch'el vaiva imprains a chesa. Ils princips da sia cultura e religiun d'eiran però fixos in el e'l daivan adüna darcho nouvs conflicts interns. Suvenz schmaladiva'l sia voluntd libra e sia respunsabilited e's laschaiva increscher da l'optica in alv e nair da pü bod e da la cumünaunza da sia vschinauncha, chi vzaiva tuot e faiva la guardgia per ch'el nu fatscha ünguotta scumando. Üna vouta m'ho'l dit tuot dispero ch'el hegia banduno sieu refügi e ch'el nu sapcha pü, che chi saja bun e nosch. Que nu's trattaiva mê da dumandas profuondas e filosoficas, dimpersè be da chosas chi per nus s'inclegian da se, scu baiver ün magöl vin cun amihs u s'incuntrer sulet cun üna duonna.

Eir cò tar nus stima bgera glieud las normas, reglas e cunvenziuns, perche ch'ellas daun sgürezza. Na dad ün Dieu chi chastia, perche cha a quel nu cra-jane suvenz pü. Cun quist cumportamaint tenor las reglas socielas sune però sgürs da gnir acceptos e na cundannos da lur conumauns. Perque s'adattane sainza critica in tuot quists «uschè-as-stu-esser» e «que-nun-as-fo».

Eau nun incleg. «As»? Chi es quist «as»? Eau sun eau, tü est tü. Tar quists cumands e scumands formulos cun «as» nu pudains nus dimena esser mana-gios. In quel cas pudainsa gnir our da noss refügis plain spraunza e plaschair, our illa liberted! Forsa cha'l tschêl chastia ad ün «as», ma sgür mê ad esters innozaints – scu ün tü ed ün eau.

Üna sted suni chamineda tres la Svizra. Partida suni a Vaduz e zieva d'heja miss ün pè davaunt l'oter e sun uschè riveda fin a Montreux. Quist traget es la part svizra da la Via Alpina.

Per trais eivnas d'heja purto mia buschuna e sun simplamaing chamineda. Mincha di. Perche as fo vairamaing uschè qualchosa? Per me es la resposta fich simpla: per darcho üna vouta piglier pachific la vita.

Ma… chaminer mincha di per trais eivnas nun es bain na pachific?! Cler – corporelmaing esa dür. Mentelmaing dafatta auncha dapü. Ils prüms trais dis vaivi ün barbagiat enorm e pür a partir da lo haun insomma cumanzo las bgeras traversedas da pass e muntagnas, dimena sü e giò e sü e giò… Il pachific es cha tuot vo uschè plaun. Fer viedis a pè es cumplettamaing ün oter möd da viager, nempe ün möd plaun e pachific in conguel cun nossa vita hectica e caotica da nos minchadi üsito.

Nus nun essans pü adüsos vi d'ün muond chi's mouva be plaun plaunet intuorn nus e cun el eir noss impissamaints. Ed uschè fo il caos plazza a la quietezza in mieu cho, in mia vita, in mieu muond.

Gianna

Im Sommer ging ich einmal zu Fuß durch die Schweiz. Ich startete in Vaduz und setzte von dort aus einen Fuß vor den anderen, bis ich schließlich Montreux erreichte. Diese Strecke ist der schweizerische Teil der Via Alpina.

Drei Wochen lang schulterte ich meinen Riesenrucksack und marschierte einfach. Jeden Tag. Warum macht man denn so was? Für mich ist die Antwort ganz einfach: um das Leben wieder einmal gelassen zu nehmen.

Aber… drei Wochen jeden Tag wandern, ist das wirklich Gelassenheit pur?! Klar, körperlich ist es hart. Mental noch härter. Die ersten Tage hatte ich einen grauenhaften Muskelkater, und eigentlich begannen erst dann die vielen Pass- und Bergüberquerungen, also hinauf und hinunter, hinauf und hinunter… Die Gelassenheit liegt darin, dass alles verlangsamt ist. Zu Fuß gehen ist eine völlig andere Art des Reisens, nämlich eine bedächtige und gelassene, verglichen mit unserem üblichen hektischen und chaotischen Alltagsleben.

Wir sind eine Welt nicht mehr gewohnt, die sich ganz langsam um uns bewegt und mit ihr gleichermaßen unsere Gedanken. So macht das Chaos Platz für die Ruhe in meinem Kopf, in meinem Leben, in meiner Welt.

Mentelmaing am vaivi prepareda per chaminer la Via Alpina per granda part suletta. Que nu m'es simplamaing na gnieu adimmaint cha que pudess der eir otra glieud cun da quistas idejas ün pô specielas. Ma adüna darcho d'heja imprains a cugnuoscher a persunas, chi haun fat üna part da la Via Alpina. Trais dad ellas am sun restedas specielmaing in algordanza, nempe ün pêrin pensiuno da l'America ed üna giuvna da l'Australia.

Il pêrin pensiuno ho già passanto bgeras vacanzas in quist möd, chaminand d'ün lö a l'oter. Quist an haune però organiso per la prüma vouta ün transport da bagagl.

Quel vaiva eir la giuvna Australiauna, ma oter cu'l pêrin pensiuno nu vaiva ella absolutamaing üngün'ideja ed üngün'experienza da que ch'ella faiva. Cun vschias enormas vi dals peis ed üna buscha da di bger memma greiva es però eir ella riveda tres las Alps bernaisas.

Cun quistas persunas d'he eau gieu bellischems dis in gita, ma impustüt m'haune musso cha ne l'eted ne l'experienza (u meglder dit, la manchaunza da quella) ne las duluors nu sun motivs per ans lascher limiter e'ns impedir da viver nossa prosma aventüra.

Gianna

Die Leute auf der Via Alpina

Mental hatte ich mich darauf vorbereitet, auf der Via Alpina größtenteils allein zu wandern. Es war mir schlicht nicht in den Sinn gekommen, dass es noch andere Menschen mit derartig seltsamen Ideen geben könnte. Doch immer wieder lernte ich Leute kennen, die einen Teil der Via Alpina zurücklegten. Drei Menschen sind mir besonders in Erinnerung geblieben: ein pensioniertes Paar aus Amerika und eine junge Frau aus Australien.

Die beiden Pensionierten hatten schon viele Ferien so verbracht, zu Fuß von einem Ort zum anderen. Dieses Jahr hatten sie aber zum ersten Mal einen Gepäcktransport organisiert.

Den genoss auch die junge Australierin, doch im Gegensatz zum älteren Paar hatte sie überhaupt keine Vorstellung vom Wandern und keine Erfahrung darin. Mit riesigen Blasen an den Füßen und einem viel zu schweren Tagesrucksack schaffte es dennoch auch sie, die Berner Alpen zu durchqueren.

Mit diesen Menschen verbrachte ich wunderschöne Wandertage, vor allem zeigten sie mir aber, dass weder das Alter noch die Erfahrung (besser gesagt: deren Fehlen) noch die Schmerzen Grund genug sind, uns einzuschränken und uns daran zu hindern, unser nächstes Abenteuer zu leben.

La fin in mira

La Via Alpina vo propi sur munt e val. Düraunt trais eivnas sun eau bainschi chamineda da lö a lö, ma eir da val a val. E traunter quellas vals vaiva que per part muntagnas chi paraivan insuperablas.

Displaschaivelmaing es que nempe uschè cha adüna cur cha's riva süsom, cumainza pür la part la pü sfadiusa: l'ir a val. Quist ir sü e giò e darcho sü e darcho giò es enorm difficil per la motivaziun. Perque esa important d'avair böts. E na be il böt finel, dimpersè bgers pitschens böts traunteraint. E que es adüna ün pitschen success, cur cha's ragiundscha ün pitschen böt.

Ma quel mumaint, cur ch'eau d'he vis zieva trais eivnas finelmaing il Lej da Genevra… que d'eira ün mumaint ed ün sentimaint grandius.

Mieu grand böt. Mia finamira. Finelmaing la fin in mira!

Gianna

Das Ende in Sicht

Die Via Alpina geht wirklich über Berg und Tal. Während der drei Wochen wanderte ich wohl von Ort zu Ort, aber auch von Tal zu Tal. Und zwischen diesen Tälern lagen teilweise Berge, die unüberwindbar schienen.

Leider ist es nämlich so, dass immer, wenn man oben ankommt, der mühsamste Abschnitt erst beginnt: der Abstieg ins Tal. Dieses ewige Hinauf und Hinunter und wieder Hinauf und wieder Hinunter ist eine enorme Prüfung für die Motivation. Deshalb ist es wichtig, sich Ziele zu setzen. Nicht nur ein Endziel, sondern viele kleine Zwischenziele. So ist es jedes Mal ein kleiner Erfolg, wenn man ein kleines Ziel erreicht.

Doch der Augenblick, als ich nach drei Wochen endlich den Genfersee erblickte… das war ein grandioses Erlebnis, ein überwältigendes Gefühl.

Mein großes Ziel. Mein Endziel. Endlich das Ende in Sicht!

Mieus bastuns

Sch'eau chat qualchosa cha qualchün oter ho apparaintamaing pers, es que in uorden da tgnair que per me? Cun tuot quellas robas ch'eau d'he già regalo ad esters, perche ch'eau d'he schmancho da las piglier cun me our dal tren u las d'he laschedas a staziuns e sün parkegis, d'heja decis da schi. Schi, eau poss piglier cun me quists bastuns per chaminer cha qualchün ho schmancho cò in quista staziun abanduneda.

Ils bastuns haun gieu ün bun temp tar me, nus vains fat bgeras gitas insembel ed eir la Via Alpina. Tres planüras e gods, suravi pass e muntagnas, ils bastuns m'haun adüna accumpagneda.

Cur ch'eau sun lura turneda da la Via Alpina, d'heja però decis da fer üna posa e na pü ir in gita fin la sted chi vain. Ma pels povers bastuns m'ho que fat pcho. Perque d'heja decis da'ls schmancher consciaintamaing in ün lö, in sperand cha qualchün oter als possa der üna nouva vita. Dit e fat, eau d'he piglio cumgio e d'he lascho ils bastuns aint il tren.

Ma eau nu d'he fat quint cun quel Zürigais gentilischem chi'd es currieu tar la porta dal tren ed ho clamo, sch'eau nun hegia forsa schmancho mieus bastuns. Ed uschè sun quels povrets uossa listess tar me in murütsch a ramasser puolvra.

Gianna

Meine Stöcke

Wenn ich etwas finde, was ein anderer offenbar verloren hat, ist es dann in Ordnung, es zu behalten? Angesichts der vielen Dinge, die ich Unbekannten schon schenkte, weil ich sie im Zug liegen ließ oder am Bahnhof und auf Parkplätzen vergaß, habe ich entschieden: Ja – ich darf die Wanderstöcke, die jemand an diesem verlassenen Bahnhof vergessen hat, mitnehmen.

Die Stöcke hatten es gut bei mir, wir machten zusammen viele Touren, sogar die Via Alpina. Durch Ebenen und Wälder, über Pässe und Berge, die Stöcke begleiteten mich stets.

Nachdem ich dann von der Via Alpina zurückgekehrt war, fasste ich den Entschluss, eine Pause zu machen und bis zum kommenden Sommer keine Touren mehr zu unternehmen. Aber um die armen Stöcke tat es mir leid. Deshalb beschloss ich, sie irgendwo absichtlich zu vergessen, in der Hoffnung, irgendwer könne ihnen zu einem neuen Leben verhelfen. Gesagt, getan. Ich verabschiedete mich von ihnen und ließ sie im Zug liegen.

Nicht gerechnet hatte ich jedoch mit dem liebenswerten Zürcher, der bis zur Zugtür rannte und mir nachrief, ob ich nicht etwa meine Stöcke vergessen hätte. So sind die Ärmsten jetzt dennoch bei mir im Keller gelandet und setzen dort Staub an.

Wege

«*Nur wer seinen eigenen Weg geht, kann nicht überholt werden.*» Marlon Brando, von dem diese Worte stammen, war wohl nie im Hochgebirge wandern. Sonst hätte er gewusst, dass man dort oft gar nicht anders kann, als sich an den einen markierten Weg zu halten. Zudem möchte ich mir gar nicht vorstellen, wie unsere Welt aussähe, würde jeder der rund acht Milliarden Menschen auf einem eigenen Pfad trampeln, Tag für Tag.

Spaß beiseite. Natürlich meinte Brando den individuellen Lebensweg. Die Frage ist: Wie schaffe ich es, meinen eigenen zu finden und ihm zu folgen? Mir ist noch nie ein Wegweiser begegnet mit der Aufschrift *Karin-Pfad*. Geleitet wurde ich allerdings stets, ganz besonders dann, wenn ich mich im Nebel der Ratlosigkeit, auf den Umwegen der Unwissenheit oder im Dunkel der Überheblichkeit verirrt hatte. Unsichtbare Hände packten mich dann jeweils und lenkten mich in eine andere Richtung. Manchmal sanft und liebevoll, manchmal mit einer Ohrfeige, manchmal wurde ich geschubst, was mich zum Stolpern brachte. Doch immer hilfreich, immer musste ich am Ende erkennen, dass sie mir den besseren Weg gewiesen hatten. Nur wenn ich mich dagegen wehrte, uneinsichtig in die falsche Richtung weiterging, stand ich irgendwann vor einem Abgrund und musste umkehren – oder mit großem Risiko darüberspringen.

Nicht selten beauftragte das Schicksal andere Menschen, mich zu führen. Ein Wort, ein Ratschlag, ein Hinweis. Oder als Vorbilder, die eine Weile vor mir hergingen, sodass ich mir meinen Weg nicht selber suchen, nicht jedes Hindernis allein wegräumen musste.

Überholt wurde ich oft. Von den vermeintlich Schnelleren, Tüchtigeren, Schlaueren, Ehrgeizigeren, Kampfbereiteren, Rücksichtsloseren. Natürlich nicht auf meinem eigenen Weg, sondern auf einem nahen parallelen. Irgendwann liefen unsere Pfade dann jedoch wieder auseinander, und die anderen strebten ihrer Bestimmung zu, ich meiner, und ich verlor sie aus den Augen. Dennoch wurmte es mich im ersten Moment schon, dass sie leichtfüßig an mir vorbeigezogen waren, während ich angestrengt marschierte.

Denke ich aber ein bisschen darüber nach, empfinde ich es nicht mehr als Demütigung oder Niederlage: Wenn der Weg und das Ziel nicht die gleichen sind, wie könnte dann jemand vor mir ankommen?

Karin

«Be quel chi vo sia egna via, nu po gnir surpasso.» Marlon Brando, chi ho dit quists pleds, nu saro mê sto in gita in muntagna. Uschigliö vessa'l savieu cha suvenz s'ho be l'opziun da rester süllas vias segnedas. Impü nu vögli niauncha m'imaginer, cu cha nos muond guardess our, scha minchün dals var och milliards umauns trampigness sia egna senda, di per di.

Laschainsa il spass. Natürelmaing ho Brando managio la via individuela da la vita. La dumanda es: cu riv eau da chatter mia egna e la seguir? Eau nu d'he auncha mê vis ün muossavia cun l'inscripziun *Senda da Karin*. Guideda d'eiri però adüna, impustüt cur ch'eau am vaiva persa illa tschiera da la perplexited, sün sviedas da l'ignoranza u illa s-chürdüna da l'arroganza. Mauns invisibels m'haun lura clappeda e m'haun guideda in ün'otra direcziun. Minchataunt in möd fin ed amuraivel, minchataunt ün schleppun, minchataunt ün stumpel chi m'ho fat inchambüerler. Ma adüna ütil, adüna stuvaivi constater a la fin ch'els m'haun musso la megldra via. Be sch'eau m'he dusteda e sun ida inavaunt illa fosa direcziun da möd testard, suni steda tuot in üna vouta davaunt ün precipizi e d'he stuvieu turner – u saglir suravi cun grand ris-ch.

Adüna darcho ho il destin do la lezcha ad oters umauns da'm guider. Ün pled, ün cussagl, ün tschegn. Ubain scu buns exaimpels chi sun chaminos per ün tempet davaunt me, uschè ch'eau nu d'he stuvieu tschercher svess mia via ed alluntaner suletta mincha obstacul.

Surpasseda m'haun bgers. Da quels uschedits pü svelts, pü capabels, pü scorts, pü ambizius, pü militants, cun main resguard. Natürelmaing na sün mia egna via, ma sün üna via parallela. Però ün di sun nossas sendas darcho idas ourdglioter, e'ls oters sun seguieus a lur egna destinaziun, eau a la mia, ed eau als d'he pers our d'ögl. Tuottüna m'ho que secco il prüm mumaint ch'els sun passos da möd uschè agil, intaunt ch'eau vaiva da marcher cun stainta e fadia.

Sch'eau reflet però ün pô, nu vezzi que pü scu ümiliaziun u sconfitta: scha la via e la destinaziun nu sun las listessas, cu po lura qualchün river aunz cu eau?

Kriegsirre

«Irgendwann wird man einen Krieg entfachen und keiner geht hin.» Im Gedicht *The People, Yes*, das Carl Sandburg zwischen den beiden Weltkriegen schrieb, sieht ein kleines Mädchen zum ersten Mal Truppen vorbeiziehen und fragt, wer diese Leute seien. Soldaten, die in den Krieg gehen, um so viele Gegner wie möglich zu töten, lautet die Antwort. Das Kind denkt eine Weile nach und sagt: «Irgendwann wird man einen Krieg entfachen und keiner geht hin.»

Ich gehöre zur 68er Make-Love-Not-War-Generation und die abgewandelte Version «Stell dir vor, es ist Krieg und keiner geht hin» aus der Feder der amerikanischen Autorin Charlotte Keyes war eine unserer Standardparolen. (Das Zitat wird übrigens seit damals oft fälschlicherweise Bertolt Brecht zugeschrieben.) Der Vietnamkrieg wütete. Ebenfalls der Rüstungswettlauf dies- und jenseits des eisernen Vorhangs. Die Gefahr, einer der mächtigen Irren könnte auf den roten Knopf drücken und die Menschheit auslöschen, war durchaus real.

Und dann… beinahe unverhofft schnell endete 1991 der Kalte Krieg. Es wurde abgerüstet und es wuchs die Zuversicht, dass es nie wieder zu einer globalen militärischen Auseinandersetzung käme. Jedenfalls nicht zwischen dem Westen und Russland. So geht denn auch die Gefahr des dritten Weltkriegs in *Never*, dem Roman von Ken Follett aus dem Jahr 2021, vom Irren in Nordkorea aus, der Konflikt spielt sich zwischen den USA und China ab. Ich habe das Buch wenige Wochen vor dem Ausbruch des Ukraine-Kriegs gelesen – realistisch, ja, sagte ich mir, wie es dazu kommen kann, Scharmützel, die sich hochschaukeln. Aber doch nicht… die Amerikaner werden gewiss keinen Atomsprengkopf zünden… und nein, auch die Chinesen nicht…Der gefährlichste Irre aus den USA ist nicht mehr an der Macht, was soll also schon passieren… An Putin hatte ich überhaupt nicht gedacht.

Und dann… dann beginnt der größenwahnsinnige Irre einen Krieg in Europa. Greift ein friedliches Nachbarland an. Droht mit Atomwaffen.

Und ich… ich bin so wütend. Wütend, wie damals wegen Vietnam, dass ein einzelner Irrer einen Krieg anzetteln und enormes Leid verursachen kann. Wütend, dass die Welt so ohnmächtig zuschaut, zuschauen muss, damit es nicht eskaliert und noch schlimmer wird. Wütend ja, vor allem aber traurig, unendlich traurig, dass Menschen immer noch hingehen, in den Krieg.

Karin

«*Ün di as provocharo üna guerra ed üngün nu vo.*» Illa poesia *The People, Yes*, cha Carl Sandburg ho scrit traunter las duos guerras mundielas, vezza üna mattina per la prüma vouta a passer truppas e dumanda, chi cha quella glieud saja. Sudos chi vaun in guerra per cupper ad uschè bgers adversaris scu pussibel, es la resposta. L'iffaunt stüdgia ün mumaint e disch: «Ün di as provocharo üna guerra ed üngün nu vo.»

Eau tuoch tar la generaziun Make-Love-Not-War dal 68 e la versiun modificheda «Imaginescha't, ad es guerra ed üngün nu vo» our da la penna da l'autura americauna Charlotte Keyes d'eira üna da nossas parolas da standard. (Il citat es suvenz gnieu attribuieu per sbagl a Bertolt Brecht.) La guerra da Vietnam d'eira in plain muvimaint. Eir la cuorsa d'armamaint da quista e da l'otra vart da la tenda da fier. Il prievel ch'ün dals nars pussaunts pudess schmacher sül buttun cotschen ed eliminer l'umanited d'eira tuottafat reel.

E lura… inaspettedamaing svelt ho la guerra fraida piglio üna fin dal 1991. Ad es gnieu discharmo e la spraunza es creschida cha que nu detta mê pü üna dispütta militera globela. In mincha cas na traunter il vest e la Russia. Eir i'l roman *Never* da Ken Follett da l'an 2021 vain la terza guerra mundiela provocheda dal nar in Corea dal Nord, il conflict ho lö traunter ils Stedis Unieus e la China. Eau d'he let il cudesch pochas eivnas aunz il cumanzamaint da la guerra ill'Ucraina – realistic, schi, m'heja dit, cu cha que po gnir a quista, s-charplinedas chi's sbaluonzchan adüna pü insü. Ma na… ils Americauns nun impizzaron bain na ün cho nuclear… e na, neir ils Chinais… Il nar il pü prievlus dals Stedis Unieus nun es pü a la pussaunza, che dess già capiter… Vi da Putin nu vaivi niauncha penso.

E lura… lura cumainza quist nar megaloman üna guerra in Europa. Attacha ün pajais vschin paschaivel. Imnatscha cun armas nuclearas.

Ed eau… eau sun uschè gritta. Gritta, scu quella vouta pervi da Vietnam, cha ün unic nar instighescha üna guerra e chaschuna uschè bgera dulur. Gritta cha'l muond guarda e nu po fer ünguotta, stu guarder cha que nun escalescha dal mel in pês. Gritta schi, impustüt però trista, enorm trista cha umauns vaun aunch'adüna in guerra.

Soldatengräber

«*Sag mir, wo die Blumen sind… sag, wo die Soldaten sind… über Gräber weht der Wind…*» Das berühmte *Where have all the flowers gone*, in den 50er-Jahren von Pete Seeger in Anlehnung an ein irisches Volkslied geschrieben, war für uns 68er Blumenkinder einer der Protestsongs gegen den Vietnamkrieg. Zu jener Zeit besuchte ich das Gymnasium und hatte schnell recht gut Englisch gelernt, nicht zuletzt dank der Songs von Bob Dylan und Joan Baez, vehemente Kriegsgegner.

Damals existierte eine Organisation, die Brieffreundschaften mit amerikanischen Soldaten in Vietnam vermittelte. Obwohl ich den Krieg verurteilte, war mir auch bewusst, dass diese Männer, zumindest die meisten von ihnen, nicht freiwillig dorthin gegangen waren, nicht kämpfen und töten wollten, es war nicht ihr Krieg, sondern wie immer ein Krieg der Politiker und Generäle und des finanziellen Profits. Deshalb meldete ich mich an, um mit einem dieser Soldaten zu korrespondieren und vielleicht ein bisschen Ablenkung und Freude in seine Einsamkeit zu bringen.

Ich bekam die Militäradresse von Charles. Er war 20. Ein Junge, kaum älter als ich, der auf dem College hätte sein sollen, wilde Partys feiern, seine Unbeschwertheit genießen. Stattdessen war er tausende Kilometer von zu Hause entfernt in der Hölle des Dschungels, tötete und lebte mit der allgegenwärtigen Angst, getötet zu werden.

Wir schrieben einander lange Briefe, von Hand, es gab ja kein E-Mail und kein Handy; es dauerte jeweils Wochen, bis die Post ankam. Er erzählte wenig von seinem Alltag, weit mehr von seiner Heimat Arizona, seiner Sehnsucht nach seiner Familie und seinen Freunden. Natürlich diskutierten wir auch über die unterschiedlichen Ideologien und wir waren zuweilen nicht einer Meinung – er war ein überzeugter, wohl indoktrinierter, Antikommunist. Immer schwang jedoch zwischen unseren Zeilen die Hoffnung mit, dieser verfluchte Krieg möge bald zu Ende sein, und wir träumten davon, uns dann einmal zu treffen.

Eine kurze Passage aus einem seiner Briefe will ich zitieren: «Das Traurigste hier in Vietnam ist, dass ich zusehen muss, wie meine Kameraden getötet werden, und nichts dagegen tun kann. Wir haben aus dieser Mission ein Schlamassel gemacht, dieses ganze Gemetzel ist sinnlos, und ich will nur Frieden und nach Hause.»

Wenige Wochen vor der Beendigung seiner Dienstzeit in Vietnam bekam ich ein vorgedrucktes offizielles Schreiben aus den USA: Charles war gefallen.

Karin

Fossas da sudos

«*Di'm, inua cha sun las fluors… di, inua cha sun ils sudos… sur las fossas zofla il vent…*» Il cuntschaint *Where have all the flowers gone*, scrit i'ls ans 50 da Pete Seeger as basand sün üna chanzun populera irlandaisa, d'eira per nus iffaunts da las fluors dal 68 üna chanzun da protest cunter la guerra dal Vietnam. Quella vouta d'eiri al gimnasi e vaiva imprains svelt vaira bain inglais, eir grazcha als songs da Bob Dylan e Joan Baez, veements adversaris da la guerra.

Da quel temp existiva ün'organisaziun chi intermediaiva amicizchas da correspundenza cun sudos americauns in Vietnam. Schabain ch'eau cundannaiva la guerra, am d'eira que eir consciaint cha quists homens, almain la granda part dad els, nu sun ieus vi lo voluntariamaing, nu vulaivan cumbatter e mazzer, que nu d'eira lur guerra, dimpersè scu adüna üna guerra dals politikers e generels e dal profit finanziel. Perque m'heja annunzcheda per scriver chartas cun ün da quists sudos e da forsa purter ün pô distracziun e plaschair in sia suldüna.

Eau d'he survgnieu l'adressa da militer da Charles. El vaiva 20 ans. Ün giuven, melapaina pü vegl cu eau, chi vess stuvieu esser al college, festager festas sulvedgias e giodair üna vita sainza pissers. Impè da que d'eira'l millis da kilometers davent da chesa i'l infiern da la dschungla, mazzaiva e vivaiva cun la temma omnipreschainta da gnir cuppo.

Nus ans scrivaivans lungias chartas, a maun, que nu daiva tuottüna ne e-mail ne telefonin; mincha vouta düraiva que eivnas fin cha la posta rivaiva. El quintaiva poch da sieu minchadi, püchöntsch da sia patria Arizona, l'increschantüna per sia famiglia e sieus amihs. Natürelmaing discutaivans eir da differentas ideologias e nu d'eirans neir adüna d'üna opiniun – el d'eira ün anticommunist persvas, pü cu facil indoctrino. Adüna as pudaiva però ler traunter nossas lingias la spraunza cha quista guerra schmaladida giaja a fin bainbod, e nus insömgiaivans da'ns inscuntrer ün bel di.

Üna cuorta passascha d'üna da sias chartas vögli citer: «Il pü trist cò in Vietnam es ch'eau stögl guarder tiers, cu cha mieus camarads vegnan cuppos ed eau nu poss fer ünguotta incunter. Nus vains fat ün battibuogl our da quista mischiun, quista mazzacreda es absurda ed eau vögl be la pêsch ed ir a chesa.»

Pochas eivnas aunz la finischun da sieu temp da servezzan in Vietnam d'heja survgnieu ün scrit ufficiel dals Stedis Unieus: Charles d'eira crudo.

La generaziun Z, *Gen Z* per inglais, que es mia generaziun. Persunas naschidas traunter il 1997 e'l 2010. Tenor me nun es que dal tuot güst da metter tuot quistas annedas in ün'unica definiziun da generaziun e que vögl eau güstificher a maun d'ün simpel exaimpel: la püra paschiun per cafè-glatsch.

Chi chi segua las medias socielas, las fotografias sün Instagram, las vitas documentedas sün YouTube, quel ho pudieu observer quist vizi americaun (che oter), chi'd es finelmaing rivo eir tar nus. Scu mincha moda es dimena eir quista riveda da l'otra vart dal grand puoz.

Cafè-glatsch cun lat da mandels, cun taunt zücher cha que nu gusta niauncha pü da cafè. Da cafè nu's po niauncha pü discuorrer. E listess esa per bgers commembers da quista generaziun Z importantischem dad avair mincha di lur iced coffee. Per set francs.

Vo bain, chi sun eau da güdicher las paschiuns, arsantünas e'ls vizis da mieus conumauns? Eau nu baiv niauncha cafè!

Ün punct impü chi m'alienescha da mia generaziun.

Gianna

Die Generation Z

Die Generation Z, auf Englisch *Gen Z*, das ist meine Generation. Menschen, die zwischen 1997 und 2010 geboren sind. Meiner Meinung nach ist es nicht ganz richtig, all diese Jahrgänge als eine einzige Generation zu definieren, und das will ich anhand eines einfachen Beispiels begründen: die pure Leidenschaft für den Iced Coffee.

Wer die sozialen Medien verfolgt, die Fotos auf Instagram, die dokumentierten Leben auf YouTube, kann beobachten, wie diese amerikanische Sucht (was sonst?) schließlich auch uns erreicht hat. Wie jede Mode schwappte also auch diese von der anderen Seite des großen Teichs herüber.

Iced Coffee mit Mandelmilch, mit so viel Zucker, dass man den Kaffee kaum mehr schmeckt. Von Kaffee kann gar keine Rede mehr sein. Dennoch ist es für viele der Generation Z unheimlich wichtig, täglich ihren Iced Coffee zu bekommen. Für sieben Franken.

Nun gut, wer bin ich, dass ich über die Leidenschaften, Begierden und Süchte meiner Mitmenschen urteilen dürfte? Ich trinke ja überhaupt keinen Kaffee!

Ein weiterer Punkt, der mich von meiner Generation entfremdet.

Endlichkeit

«Der Gedanke an die Vergänglichkeit aller irdischen Dinge ist ein Quell unendlichen Leids – und ein Quell unendlichen Trostes.» Der letzte Teil von Marie von Ebner-Eschenbachs Aussage mag zuerst überraschen. So leidvoll es ist, Geliebtes zu verlieren, so tröstlich ist es in der Tat zu wissen, dass Unliebsames wie Traurigkeit und Schmerz ebenfalls vergänglich ist. Da sehen wir dann jeweils am Morgen schon die Nacht herbei, die im Schlaf vergeht, und sind froh, wenn ein weiterer Tag vorüber ist, und, kaum aufgewacht, warten wir wieder auf den Abend… Die Zeit, die in den schönen Augenblicken immer zu schnell dahinrast, soll jetzt genauso schnell verfliegen, schließlich heilt sie alle Wunden.

Meistens mögen wir die Vergänglichkeit jedoch nicht, schon gar nicht die des eigenen Daseins. Neulich, als ich etwas über die schweizerische Energiestrategie 2050 las, wurde mir bewusst, dass ich dieses gar nicht so ferne Jahr möglicherweise, nein, wahrscheinlich, nicht mehr erleben werde.

Bis vor Kurzem wäre mir ein solcher Gedanke nie durch den Kopf gegangen. Obwohl sich die jugendliche Illusion der Unverwundbarkeit schon lange von mir verabschiedet hat, war mir diese eigene Endlichkeit nicht so präsent. Seit einiger Zeit ertappe ich mich hingegen immer wieder dabei, dass ich mich frage: «Werde ich das noch erleben?» Lautet die realistische Antwort «Nein», macht mich das zuweilen ganz kribbelig. Denn ich möchte so gern erfahren, wie die Menschheit diese und jene Herausforderung meistern wird! Es ist, als ob man im Fernsehen die erste Folge eines spannenden mehrteiligen Thrillers anschaut und schon weiß, dass man die Fortsetzung verpasst.

Natürlich wurde mir meine Endlichkeit bereits in die Wiege gelegt, doch früher war es eine unbestimmte Größe. Jetzt kann ich sie bemessen. Noch in Jahrzehnten, bestenfalls, aber das Ende des Maßstabs ist in Sichtweite.

Und noch immer vergeude ich Zeit mit Unnützem, Unsinnigem. Seltsam. Unbegreiflich.

Karin

Finited

*«L'impissamaint a la passagerited da tuot las chosas terrestras es üna fun-
tauna da dulur infinita – ed üna funtauna da cuffort infinit.»* L'ultima part
da la frasa da Marie von Ebner-Eschenbach suprenda i'l prüm mumaint.
Uschè dulurus scu cha'd es da perder a qualchün u qualchosa amo, uschè
cuffortant esa da savair cha chosas dischagreablas scu tristezza e dulur sun
eir passageras. Cò ans laschainsa già la bunura increscher da la not, chi
passa durmind, ed essans cuntaints, sch'ün oter di es passo, e lura, apaina
sdasdos, spettainsa darcho la saira… Il temp chi passa in bels mumaints
adüna bger memma svelt, dess eir uossa passer uschè svelt, a la fin guare-
scha el tuot las feridas.

Pelpü nu vainsa però gugent la passagerited, impustüt na quella da l'egna
vita. D'incuort, cur ch'eau d'he let qualchosa da la strategia d'energia svizra
pel 2050, m'es gnieu consciaint ch'eau nu passantaregia forsa pü, na, pruba-
belmaing pü, quist an niauncha taunt luntaun.

Fin avaunt cuort nu vessi mê gieu ün tel impissamaint. Schabain cha l'illu-
siun giuvenila dad esser invulnerabel ho già lönch piglio cumgio da me, nun
es mia egna finited steda uschè preschainta. Daspö ün tschert temp am clappi
adüna darcho ch'eau am dumand: «Vzaregi auncha que?» Scha la resposta
realistica es «Na», am fo que dvanter tuot gniervusa. Eau savess nempe uschè
gugent, cu cha l'umanited superaregia l'üna u l'otra sfida! Que es, scu scha's
guardess illa televisiun la prüma da püssas serias d'ün thriller plain tensiun
e's savess già cha's manchantaro la cuntinuaziun.

Natürelmaing cugnuoschi la finited già da pitschna insü, ma da pü bod
d'eira que üna grandezza indetermineda. Uossa la possi imsürer. Auncha in
decennis, scha vo bain, ma la fin dal linger es in vista.

Ed aunch'adüna sguazzi temp cun roba inütila, plufra. Curius. Inchapibel.

Weltkaleidoskop

«Die Welt ist nicht da, um verbessert zu werden. Auch ihr seid nicht da, um verbessert zu werden. Ihr seid aber da, um ihr selbst zu sein. Ihr seid da, damit die Welt um diesen Klang, um diesen Ton, um diesen Schatten reicher sei.»
Diese Worte von Hermann Hesse inspirieren mich zu einem Gedankenexperiment. Ich schließe die Augen und stelle mir bildlich vor: Die ganze Erde ist von demselben grünen Rasen bedeckt, nur ein paar Gänseblümchen, Wälder, die ausschließlich aus dunklen Tannen bestehen, als einzige Tiere hoppeln Hasen herum, die Berge bestehen aus grauem Granit, sämtliche Flüsse, Seen und Meere zeigen das gleiche Azurblau, alle Menschen sehen aus wie ich.

So niedlich Gänseblümchen und Hasen auch sind – es wäre eintönig und langweilig, gäbe es nur sie. Ich öffne die Augen wieder und schaue in ein buntes Kaleidoskop: majestätische Löwen, treue Hunde, fleißige Ameisen, das Summen der Bienen, der Duft von Lilien, das Rauschen der Pappeln im Wind, die Wellen des Meeres im ewigen Wechsel der Gezeiten… Dann erkenne ich ehrfürchtig all das Großartige, das die Menschheit hervorgebracht hat, von den Pyramiden von Gizeh bis zum Marsroboter, und wie farblos die Welt wäre ohne die Kunstwerke eines Van Gogh, Picasso und Segantini, wie stumm ohne Beethovens Symphonien und die Songs der Beatles, wie ausdruckslos ohne die Philosophie Schopenhauers und das literarische Werk Shakespeares. Allerdings, es gibt auch Krieg und Elend und Ungerechtigkeit.

Ich träume von einer «guten» Welt und – in diesem Punkt stimme ich Hesse nicht zu – ich will nicht aufhören, mich zu verbessern und dadurch die Welt um eine winzige Nuance besser zu machen. Aber ich will auch nicht aufhören, staunend in dieses Kaleidoskop zu schauen, und mich weiterhin an der Vielfalt der ständig sich verändernden Bilder erfreuen, einmal leuchtend bunte, einmal dunklere.

Große, kleine, dicke, dünne, starke, schwache, kranke, gesunde, weiße und farbige Menschen, Altruisten und Egoisten, Liebende und Hasser, Lehrer und Ungebildete, Überhebliche und Demütige, Selbstbewusste und Mauerblümchen, Mutige und Angsthasen, Gläubige und Atheisten, Könige und Bettler, Tyrannen und Unterdrückte, sie alle sind Splitter im Weltkaleidoskop. Keiner darf fehlen zum vollständigen Bild. Wir alle sind die Seele der Welt, wir alle zusammen.

Karin

Caleidoscop dal muond

«Il muond nun es cò per gnir amegldro. Eir vus nun essas cò per gnir amegldros. Vus essas però cò per esser vus stess. Vus essas cò, per cha'l muond saja pü rich per quist cling, per quist tun, per quista sumbriva.» Quists pleds da Hermann Hesse m'inspireschan ad ün experimaint d'impissamaints. Eau ser ils ögls e m'imaginesch: tuot il muond es cuverno dal listess tschisp verd, be ün pêr margarittinas, gods da pigns s-chürs, las unicas bes-chas sun las leivras, las muntagnas consistan be da granit grisch, tuot ils flüms, lejs e mers dal listess blov azur, tuot ils umauns guardan our precis uschè scu eau.

Leivras e margarittinas sun bellinas, que bain – ma que füss monoton e lungurus, scha que dess be ad ellas. Eau evr darcho ils ögls e guard in ün caleidoscop culurieu: liuns majestus, chauns lojels, furmias diligiaintas, il mus-chuner dals aviöls, l'udur da las gilgias, il schuschuri da las paplas i'l vent, las uondas dal mer i'l etern müdamaint da flüss e reflüss… Lura vezzi cun respet tuot il grandius cha l'umanited ho s-chaffieu, da las piramidas da Gizeh al roboter dal Mars, e quaunt pocha culur cha'l muond vess sainza las ouvras d'art d'ün Van Gogh, Picasso e Segantini, quaunt müt ch'el füss sainza las sinfonias da Beethoven e las chanzuns dals Beatles, quaunt poch expressiv sainza la filosofia da Schopenhauer e l'ouvra litterara da Shakespeare. Ma que do eir guerra e misiergia ed ingüstia.

Eau m'insömg dad ün «bun» muond ed – in quist punct nu suni daperüna cun Hesse – eau nu vögl glivrer da m'amegldrer e tres que fer gnir il muond ün pôin meglder per üna nüanza minima. Ma eau nu vögl neir glivrer da guarder tuot stutta in quist caleidoscop e da m'allegrer eir in avegnir da la varieted dals purtrets chi's müdan adüna darcho, üna vouta culurieus e splenduraints, üna vouta pü s-chürs.

Umauns grands, pitschens, gross, stigls, ferms, debels, amalos, sauns, alvs e culurieus, altruists ed egoists, quels chi aman e quels chi ödieschan, magisters e na sculos, arrogants ed ümils, quels sgürs da se stess e quels melsgürs, curaschus e chejinchotschas, crettaivels ed ateists, raigs e murdieus, tirauns ed oppress, els sun tuots s-chaglias dal caleidoscop dal muond. Üngün nu po mancher pel purtret cumplet. Nus tuots essans l'orma dal muond, nus tuots insembel.

Retards

Eau nu se niauncha quinter las voutas ch'eau d'he gieu schaschins per turner in Engiadina. Mincha vouta ch'eau pigl il tren per turner, ur eau cha tuot giaja bain. Ma suvenz es que per ünguotta. Retards, interrupziuns, sviedas, annullaziuns. Cul temp d'heja imprains a rester calma in quistas situaziuns, a vzair l'aspet positiv. Eau nu poss müder ünguotta vi da que, ma ad es listess da gnir mez nar.

Üna vouta d'heja pudieu ir pü bod davent da lavur, per ir sül tren da las tschinch e mez a Turich. Che bellezza, d'heja penso, da river a chesa già a las och e mez. Ma lura: retard, interrupziun, annullaziun e svieda. Eau sun riveda a chesa a las duos da not. Ma almain suni riveda.

Ün'otra vouta, ün venderdi zieva ün'eivna intensiva a la scoul'ota a Berna ed eau pronta per ir in Engiadina. E lura la notizcha: da Berna nu partan pel mumaint üngüns trens. Annullaziuns, annullaziuns, annullaziuns. Quaunt lönch cha que düra? Üngün nu so. Cha hegia però trens vers Soloturn. E da lo vers Turich. Uschè d'heja vis quel di ün'otra part da la Svizra. Bel, che? Ed a chesa as riva in ün tschert möd adüna.

Cler cha'd es simpel da s'agiter. E minchataunt m'agit eir eau ün pôin. Ma ad es bain pü bel da vzair l'aspet positiv. Listess quaunt pitschen cha quel es.

Gianna

Verspätungen

Ich kann die vielen Male gar nicht mehr zählen, an denen es aufreibend war, ins Engadin zurückzukehren. Jedes Mal, wenn ich den Zug heimwärts nehme, bete ich, alles möge gut gehen. Aber oft ist es vergebens. Verspätungen, Unterbrechungen, Umleitungen, Ausfälle. Mit der Zeit habe ich gelernt, in diesen Situationen die Ruhe zu bewahren, den positiven Aspekt zu sehen. Ändern kann ich daran nichts, dennoch ist es zum Verrücktwerden.

Einmal durfte ich früher Feierabend machen, um in Zürich den Halbsechsuhrzug zu erwischen. Wie schön, dachte ich, um halb neun schon daheim zu sein. Doch dann: Verspätung, Unterbrechung, Ausfall und Umweg. Um zwei Uhr nachts kam ich zu Hause an. Immerhin, angekommen bin ich.

Ein anderes Mal, an einem Freitag nach einer intensiven Woche an der Hochschule in Bern und ich bereit für die Reise ins Engadin. Dann die Mitteilung: Ab Bern fahren momentan überhaupt keine Züge. Ausfälle, Ausfälle, Ausfälle. Wie lange es dauert? Niemand weiß es. Es gebe aber Züge nach Solothurn. Und von dort nach Zürich. Dadurch bekam ich an jenem Tag einen anderen Teil der Schweiz zu sehen. Nett, oder? Denn nach Hause kommt man auf die eine oder andere Weise immer.

Natürlich braucht es da nicht viel, um sich aufzuregen. Und manchmal rege sogar ich mich ein bisschen auf. Trotzdem ist es weit besser, den positiven Aspekt zu sehen. Und sei er noch so klein.

Scu superbgia possessura d'ün abunamaint da tren per tuot la Svizra, survegn eau adüna darcho buns per fer differenta roba in Svizra ad ün predsch pü favuraivel.

L'utuon passo d'heja survgnieu ün da quels buns ed impè da'l simplamaing lascher scruder, scu cha que es normelmaing il cas, l'heja druvo Que d'eira ün bun per ir ün di inter in prüma classa, e que per be vainch frankets.

In december d'heja lura fixo ün di chi'm giaiva bain. Da l'ora nu vaivi propi da guarder, a d'eira inamöd adüna be tschiera. Ma per interrrumper mia rutina üsiteda da tschanter a chesa illa tschiera, ho que fat bain da fer üna vouta qualchos'oter. Illa tschiera.

In mincha cas d'eira il december per me eir ün temp mort, sainza inspiraziun u nouvas idejas. Ir cul tren am do peida per penser ed observer. Il tren es ün lö traunter lös, ün lö d'immez: traunter chesa e lavur, traunter famiglia e cumpagns. Per me es que il lö ideel per lascher flurir idejas.

Las impreschiuns da las citeds ch'eau d'he visito m'haun do quistas idejas e m'haun inspireda. Da quelo vögli quinter illas prosmas paginas.

Gianna

Erster Klasse durch die Schweiz

Als stolze Besitzerin eines Zugabonnements für die ganze Schweiz bekomme ich immer wieder Gutscheine, mit denen ich zu einem vergünstigten Preis verschiedene Dinge in der Schweiz unternehmen kann.

Letzten Herbst erhielt ich einen solchen Bon, und anstatt ihn einfach wie üblich verfallen zu lassen, habe ich ihn benutzt. Es war ein Gutschein, um einen ganzen Tag lang in der ersten Klasse zu reisen, und das für nur zwanzig Fränkli.

Also bestimmte ich einen Tag im Dezember, der mir passte. Auf das Wetter brauchte ich nicht wirklich zu achten, denn es war ohnehin immer neblig. Es tat aber gut, meine gewohnte Routine, im Nebel daheim zu hocken, zu durchbrechen und einmal etwas anderes zu machen. Im Nebel.

Der Dezember war für mich ohnehin eine tote Zeit, ohne Inspiration und neue Ideen. Mit dem Zug zu reisen, schenkt mir die Muße nachzudenken und zu beobachten. Der Zug ist ein Ort zwischen Orten, ein Ort mittendrin: zwischen Zuhause und Arbeit, zwischen Familie und Freunden. Für mich ist er der ideale Ort, um Ideen erblühen zu lassen.

Die Eindrücke der Städte, die ich besuchte, gaben mir diese Ideen und inspirierten mich. Davon will ich auf den nächsten Seiten erzählen.

Neuchâtel e la savur da creps

La prüma fermativa da mieu viedi in prüma classa es Neuchâtel. Ad es auncha bunura, illas giassas esa quiet. L'ajer es bletsch, la tschiera palpabla.

Eau sun fascineda da quista cited veglia, dals disegns vi dals mürs e da las installaziuns d'art traunter las giassas; pitschens cafès cun maisinas our i'l liber am laschan imaginer, cu cha que pudess esser düraunt üna saira da sted. Persunas sün via, baderland e bavand lur aperitiv. Ma uossa nu's bada ünguotta da que.

Suletta chamin eau tres las giassas e già bainbod vo que insü, sü vers il chastè. Davaunt il chastè ho que üna tevla cun üna fotografia da la vista sül lej e las muntagnas, ma que ho taunta tschiera ch'eau nu vez niauncha fin tal lej.

Tres il fraid, il bletsch e la quietezza am ragiundscha üna savurina uschè delizchusa chi fo gnir l'ova in buocha. La savurina m'accumpagna da giosom la giassa e sü fin tal chastè ed ella es eir lo, cur ch'eau tuorn darcho da suringiò. Ün'udur da creps am circundescha, ma a pera impussibel da determiner, dinuonder ch'ella vain. Que am fo gnir mez narra... Uossa ün crep, que füss vaira bun! Ma bainbod parta mieu prossem tren.

Eau lasch davous me la savur dutscha e chamin vers la staziun.

Gianna

Neuchâtel und der Duft der Crêpes

Die erste Station meiner Reise erster Klasse ist Neuchâtel. Es ist noch früh, in den Gassen herrscht Ruhe. Die Luft ist feucht, der Nebel greifbar.

Ich bin fasziniert von dieser Altstadt, den bemalten Fassaden und den Kunstinstallationen in den schmalen Gassen; die kleinen Cafés mit Tischchen im Freien lassen mich davon träumen, wie es an einem Sommerabend sein könnte. Menschen draußen, die sich unterhalten und ihren Aperitif trinken. Doch jetzt merkt man nichts davon.

Allein spaziere ich durch die Gassen und bald schon geht es bergauf, zum Schloss. Davor befindet sich eine Tafel mit einem Foto der Aussicht auf See und Berge, aber es ist derart neblig, dass mein Blick nicht einmal bis zum See reicht.

Durch die Kälte, die Feuchtigkeit und die Stille erreicht mich ein so köstlicher Duft, dass mir das Wasser im Mund zusammenläuft. Dieser Duft begleitet mich von ganz unten in der Gasse bis hinauf zum Schloss, und er ist immer noch da, als ich wieder abwärts gehe. Ein Duft von Crêpes umströmt mich, aber es ist anscheinend unmöglich zu erkennen, woher er kommt. Das macht mich halb wahnsinnig… Jetzt eine Crêpe, das wäre wirklich gut! Aber bald fährt mein nächster Zug.

Ich lasse den süßen Duft hinter mir und spaziere zum Bahnhof.

Yverdon e'l marcho serro

Yverdon es mia seguonda fermativa. Il viedi cul tren passa svelt ed our da fnestra vezzi listess auncha per ün mumaint il lej. La cited veglia es pitschna e mia runda d'heja fat dalum.

A vo vers mezdi e plaunet riva la fam. Tschanter in ün restorant füss pachific e'm s-chudess darcho ün pô, ma eau nu vögl ster cò memma lönch.

Sülla plazza principela es ün marcho, las tevlas impromettan bunteds e specialiteds internaziunelas – ma il marcho es serro. A la fin dals quints esa ün di da l'eivna e tuots nun haun la liberted dad ir svelt sur mezdi a marcho.

Cun üna fam naira tuorn eau a la staziun e pigl il prossem tren.

Gianna

Yverdon und der geschlossene Markt

In Yverdon ist mein zweiter Halt. Die Zugreise geht rasch vorbei und aus dem Fenster sehe ich sogar für einen Moment den See. Die Altstadt ist klein und ich habe meine Runde schnell gedreht.

Es geht gegen Mittag und langsam meldet sich der Hunger. In einem Restaurant sitzen wäre gemütlich und würde mich ein bisschen aufwärmen, aber ich will nicht allzu lange hier verweilen.

Auf dem Hauptplatz ist ein Markt, die Schilder versprechen internationale Delikatessen und Spezialitäten – doch der Markt ist zu. Es ist ja schließlich ein Wochentag und nicht allen steht es frei, über Mittag schnell den Markt zu besuchen.

Mit einem Bärenhunger gehe ich zum Bahnhof zurück und nehme den nächsten Zug.

Losanna e'ls curriers da velo

Riveda a Losanna vo que our da staziun e directamaing süper üna giassa stipa. Mieu pass es pachific e listess suni dalum our d'fled. A dretta ed a schnestra am surpassan curriers sün velos, velos electrics.

Ün'algordanza ch'eau vaiva schmancho fin uossa as fo darcho viva. Avaunt bgers ans vaiva mieu non quinto da sieu temp scu giuvnot, cur ch'el d'eira gnieu tramiss a Losanna per lavurer. Scu currier da velo per üna furnaria purtaiva el pauns e paunins per tuot Losanna intuorn, illas uras traunter not e bunura, süe giò pels muots da la cited. Quella vouta natürelmaing sainza velo electric.

Que ho simplamaing qualchosa magic, cur cha'ls nons quintan lur istorgias da pü bod, ed eau pens vi da quella saira, cur cha mieu non vaiva s'agito telmaing dals muots e las giassas stipas da Losanna e da la sella düra da sieu velo. Impü nu discurriva'l niaunch'ün pled frances e nu cugnuschaiva la cited.

Chi so, sch'el ho propi adüna purto ils pauns e paunins al güst lö?

Gianna

Lausanne und die Velokuriere

In Lausanne angekommen, geht es aus dem Bahnhof hinaus und gleich eine steile Gasse hoch. Mein Tempo ist gemächlich und trotzdem bin ich sofort außer Atem. Rechts und links überholen mich Kuriere auf Velos, Elektrovelos.

Eine lang vergessene Erinnerung lebt wieder auf. Vor vielen Jahren erzählte mein Großvater von seiner Jugendzeit, als er nach Lausanne geschickt wurde, um dort zu arbeiten. Als Velokurier für eine Bäckerei lieferte er Brote und Brötchen in ganz Lausanne aus, in den Nachtstunden bis zur Morgendämmerung, die hügelige Stadt rauf und runter. Damals natürlich ohne Elektrovelo.

Es hat einfach etwas Magisches, wenn die Großeltern ihre Geschichten von früher erzählen, und ich denke an jenen Abend, als mein Großvater sich über Lausannes Hügel und steile Gassen und über den harten Sattel seines Velos heftig aufregte. Zudem sprach er kein Wort Französisch und er kannte die Stadt nicht.

Wer weiß, ob er die Brote und Brötchen wirklich immer an den richtigen Ort brachte?

Friburg e la tschiera

Mia ultima fermativa, aunz cu turner traunter ils blocs da betun da Bümpliz, es Friburg. Daspö trais semesters stüdg eau cò ün zievamezdi l'eivna e listess nu d'heja auncha mê vis la catedrala. Que stu müder, pensi e guard sün mieu sistem da navigaziun.

Eau chamin giò per üna giassa e tenor il sistem da navigaziun vess la catedrala dad esser be güst lo, gualiv our davaunt me. Ma eau nu vez ünguotta. Curius.

Ün mumaintin pü tard es la tschiera main spessa – e guarda lo: üna catedrala gigantesca, majestusa, directamaing davaunt mieu nes. Eau vegn pü daspera, uossa ch'eau se inua ir, e cur ch'eau stun güst davaunt la catedrala, es la tschiera darcho uschè spessa cha'l piz nun es cleramaing visibel. Ma almain seja uossa inua chatter la cited veglia e la catedrala da Friburg e na be l'universited.

Il fraid bletsch da tuot quist di be tschiera vo tres pel ed ossa, la giacca grossa nu güda neir pü ünguotta. Mia giacca chi'm s-choda dafatta düraunt ils dis propi fraids in Engiadina!

Basta, eau d'he vis avuonda tschiera per hoz e per tuot l'inviern. Eau nu poss pü spetter da turner bainbod in Engiadina, da vzair il tschêl blov e giodair la fradaglia üsiteda e na telmaing bletscha.

Gianna

Freiburg und der Nebel

Mein letzter Halt, bevor ich in die Betonblöcke von Bümpliz zurückkehre, ist Freiburg. Seit drei Semestern studiere ich an einem Nachmittag pro Woche hier und dennoch habe ich die Kathedrale noch nie gesehen. Das muss sich ändern, denke ich und schaue auf mein Navi.

Ich spaziere eine Gasse hinunter und nach dem Navi müsste die Kathedrale genau dort sein, geradeaus vor mir. Aber ich sehe nichts. Seltsam.

Einen winzigen Augenblick später ist der Nebel weniger dicht, und siehe da: die gewaltige Kathedrale, majestätisch, direkt vor meiner Nase. Ich nähere mich, jetzt da ich weiß, wohin ich gehen muss, und als ich unmittelbar davor stehe, hat sich der Nebel wieder so verdichtet, dass die Spitze nur undeutlich sichtbar ist. Immerhin weiß ich jetzt, wie ich die Altstadt und die Kathedrale von Freiburg finde, und nicht nur die Universität.

Die feuchte Kälte dieses ganzen nebligen Tages geht durch Mark und Bein, die dicke Jacke nützt auch nichts mehr. Diese Jacke, die mich sogar an den wirklich kalten Tagen im Engadin wärmt!

Genug, ich habe genug Nebel gesehen für heute, ja für den ganzen Winter. Ich kann es kaum erwarten, bald ins Engadin zurückzukehren, in den blauen Himmel zu schauen und die gewohnte klirrende, aber nicht derart feuchte Kälte zu genießen.

Dazumal

«Die alten Zeiten sollen andere erfreuen; ich bin froh, dass ich jetzt geboren bin.» Der römische Dichter Ovid, der in der Zeit um Christi Geburt lebte, spricht mir aus der Seele. Er sagte nicht: Früher war alles besser – wie jede Generation über die Jahrhunderte bis heute geglaubt hat.

Hören wir auf mit dieser unbegründeten Nostalgie! Früher war nicht alles besser. Ich jedenfalls hätte nicht im Mittelalter leben wollen, der Willkür der Herrscher, der Gutsherren, der Kirche ausgesetzt, geplagt von Aberglauben, dahingerafft von Pest und Cholera, von Wegelagerern beraubt, vergewaltigt oder umgebracht.

Wir brauchen aber gar nicht so weit zurückzublicken. Als ich ein Kind war und den ganzen Sommer über im Luganersee badete, gab es rund um den See keine einzige Kläranlage. Aufgewachsen bin ich in einer norditalienischen Industriestadt, wo ich tagaus, tagein den Smog einatmete, der die Fenstersimse binnen vierundzwanzig Stunden schwärzte. In meiner Jugend herrschte kalter Krieg, man wusste nie, ob ein umnachteter Staatspräsident auf den roten Knopf der Atomraketen drückt. Und jeder zweite Mensch auf der Welt hungerte.

Und heute? Die meisten Flüsse und Seen in der Schweiz haben fast Trinkwasserqualität, nur noch rund jeder zehnte Mensch weltweit ist arm. Wir leben in der besten Welt, die es je gab, global gesehen, aber vor allem hier bei uns. Viele Krankheiten sind besiegt, noch nie konnten sich so viele Menschen so viel leisten, sich politisch und sozial so sicher fühlen. Und doch wünschen wir uns oft irgendeine gute alte Zeit, die es nie gab, zurück.

Natürlich weiß ich – ich bin ja nicht blind –, dass es auch heute sogar in der Schweiz noch Armut gibt, Ungerechtigkeit, die Umweltprobleme bei Weitem nicht gelöst sind und auch immer wieder neue Herausforderungen auf uns zukommen. Es gibt noch viel zu tun. Aber wir bewältigen es nicht, indem wir mit einem verherrlichenden Blick zurückschauen, sondern nur, wenn wir mutig, zuversichtlich und kreativ nach vorn sehen.

Karin

Da pü bod

«Ils temps passos dessan fer plaschair ad oters; eau sun cuntaint ch'eau sun naschieu uossa.» Il poet romaun Ovid, chi vivaiva düraunt il temp da la naschentscha da Gesu, disch precis que ch'eau pens. El nu pretenda: pü bod d'eira tuot meglder – uschè scu cha mincha generaziun craja daspö tschientiners dad ans.

Glivrainsa cun quista nostalgia ingüstificheda! Que nun es vaira cha pü bod d'eira tuot meglder. Eau per mia part nu vess vulieu viver düraunt il temp medievel. Üna vita exposta al bainplaschair dals regents, dals patruns d'ün bain, da la baselgia. Gnir turmanteda da superstiziun, sdrappeda davent da pesta e colera, plündrageda da bandits e brigants, violeda u cuppeda.

A nu fo niauncha dabsögn da der ün sguard sün ün temp lönch passo. Cur ch'eau d'eira ün iffaunt e faiva il bagn tuotta sted i'l Lej da Lugano, nu daiva que niaunch'üna sarinera intuorn il lej. Creschida sü suni in üna cited d'industria i'l nord da l'Italia, inua ch'eau respiraiva mincha di il smog chi faiva gnir nair il balcun d'fnestra infra vainchaquatter uras. Mia giuventüna d'eira i'l temp da la guerra fraida, que nu's savaiva mê, sch'ün president da stedi mez nar schmacha il pom cotschen da las raketas atomicas. E mincha seguond umaun sülla terra pativa fam.

Ed hoz? La granda part dals flüms e lejs in Svizra haun circa la qualited dad ova da baiver, be auncha mincha deschevel umaun sül muond es pover. Nus vivains i'l meglder muond cha que ho mê do, in generel, ma impustüt cò tar nus. Nus essans gnieus maisters cun bgeras malatias. Auncha mê nu s'ho uschè bgera glieud pudieu praster uschè bger e's sentir telmaing sgüra, politicamaing e socielmaing. E listess ans giavüschainsa suvenz cha'ls bels temps passos, chi nun haun mê existieu, tuornan.

Natürelmaing se eau – eau nu sun bain na orva – cha que do eir hozindi dafatta in Svizra auncha poverted ed ingüstia. Ils problems da l'ambiaint nu sun auncha lönch na scholts ed a nus spettan adüna darcho nouvas sfidas. A do auncha bger da fer. Ma nus nu survandschains tuot que, scha guardains inavous cun sguard chi imbellescha que chi'd es sto, dimpersè be scha guardains inavaunt cun curaschi, fiduzcha e creativited.

Kerzenlicht

«*Das elektrische Licht verdanken wir nicht der stetigen Weiterentwicklung der Kerzen.*» Und dass man meinen Text in diesem Buch lesen kann, liegt nicht daran, dass ich ihn mit dem Gänsekiel zigtausendfach abgeschrieben habe. Was Oren Harari, Wirtschaftsprofessor an der Universität von San Francisco, mit seiner Aussage meinte: Um weiterzukommen, braucht es laterales statt lineares Denken, Quantensprünge, Mut zu einer radikalen Erneuerung. Und Menschen, die ihrer Zeit voraus sind, Menschen mit Visionen und einem unerschütterlichen Glauben an deren Verwirklichung.

In allen Epochen gab es Gegenbewegungen zum Fortschritt, Bewahrer des vermeintlich Bewährten, die sich dem Neuen nicht nur verschlossen und entgegenstellten, vielmehr am liebsten in frühere Zeiten zurückgekehrt wären. Auch bei den großen Herausforderungen, mit denen die Menschheit sich heute im Umweltbereich konfrontiert sieht – Klimawandel und Aussterben der Arten, Verschmutzung der Gewässer und Verknappung der Ressourcen und einige mehr –, findet man dieses Postulat nach Verzicht auf (mehr) Technik.

Aber nein, ich will nicht bei Kerzenlicht lesen! Will nicht auf mein Handy verzichten, nicht auf die Waschmaschine, die Toilettenspülung. Nennt mich ruhig eine unverbesserliche Optimistin, aber ich glaube fest daran, dass wir Menschen revolutionäre technologische Lösungen für unsere Probleme finden werden: Gletschereis-Aufbau-Roboter, Pflanzen-Aussterbeschutz-Tautröpfchen, Luft-und-Liebe-Motoren.

Es wäre gewiss schöner, wenn wir nicht immer bis fünf vor zwölf warteten, bevor wir etwas unternehmen. Doch ist der Ernst der Lage einmal erkannt, geht's zügig voran. Vor allem, wenn sich damit Geld verdienen lässt. Oder wenn man bei Unterlassung eine Menge Geld verliert. Das trifft heute auf manche Bereiche zu, etwa auf die Energiewende, die Klimaerwärmung oder das Aussterben der Bienen.

Neue Technologien schaffen neue Probleme? Vielleicht. Aber sollten die Abgase meines Luft-und-Liebe-Motors sich als schädlich erweisen, wird ein genialer Erfinder bestimmt einen Lust-Katalysator bauen. Und der nächste dann die umweltfreundliche Lust-Katalysator-Entsorgung an der Flamme einer Kerze.

Karin

Glüsch da chandaila

«Per la glüsch electrica nu vains dad ingrazcher al perfecziunamaint da las chandailas.» E cha's po ler mieu text in quist cudesch nun es perche ch'eau l'he copcho insaquauntas voutas cul manch d'ocha. Que cha Oren Harari, professur d'economia a l'universited da San Francisco, ho managio cun sia declaraziun: per gnir inavaunt drouva que ün möd da penser laterel e na lineer, grandas müdedas, curaschi dal renovamaint radical. Ed umauns chi sun ouravaunt a lur temp, umauns cun visiuns ed üna cretta ferma cha quellas as laschan realiser.

In tuot las epocas ho que do muvimaints cunter il progress, glieud chi mantegna vi da que chi d'eira presumptivamaing cumpruvo, chi nu vulaiva savair ünguotta da noviteds, s'opponiva a quellas e füss il pü gugent turneda in temps passos. Eir tar las grandas sfidas chi confrunteschan hozindi l'umanited – il müdamaint dal clima, la mort da las spezchas, la polluziun da las ovas, la s-charsdet da las resursas ed auncha dapü – as chatta quist postulat da renunzcher a (dapü) tecnica.

Ma na, eau nu vögl ler illa glüsch da chandaila! Nu vögl renunzcher a mieu telefonin, a mia maschina da laver, a l'ardschantera da la tualetta. Clamè'm pür ün'optimista incorregibla, ma eau sun persvasa cha nus umauns chattarons soluziuns tecnicas revoluziunaras per noss problems: roboters per refabricher il glatsch dals vadrets, guottins chi pisseran cha las plauntas survivan, motors per ajer fras-ch ed amur.

A füss sgür pü bel, scha nu spettessans adüna fin cha'd es tschinch aunz las dudesch per fer qualchosa. Ma scha la seriusited dal cas es identificheda, vo que svelt. Impustüt scha's po guadagner raps cun que. U scha's perda üna pruna raps tar l'omissiun. Que es hozindi vaira per bgers aspets, scu la svouta d'energia, il müdamaint dal clima u la mort dals aviöls.

Nouvas tecnologias creeschan nouvs problems? Forsa. Ma scha'ls gas da mieu motor per ajer fras-ch ed amur as demuossan dannaivels, fabricha qualche inventur indschegnaivel sgür ün catalisatur da vöglia. Ed il prossem lura l'alluntanamaint ecologic dal catalisatur da vöglia vi da la flamma d'üna chandaila.

Cu es que pussibel da creer adüna darcho roba nouva? Mincha di vegnan sül marcho prodots, chanzuns, texts, cudeschs, tuot nouv. Ma… nun es già tuot gnieu dit? Nun es già tuot gnieu chanto? Nun es già tuot gnieu invento? A pera impussibel cha que do adüna nouvas idejas…

Cler cha tscherta roba vain copcheda e surpiglieda, idejas invuledas, ma listess: la quantited dad idejas nouvas es incredibla. E sgür ch'eau nu sun la prüma chi pensa vi da quist. Eau am dumand simplamaing: cu es que pussibel? Che es il secret?

Eir sch'ün'ideja m'inspirescha per creer qualchosa egen, nu suni sgüra, scha que es cumplettamaing qualchosa nouv. Epür po la listessa istorgia gnir quinteda in möd different da persunas differentas, dad üna chanzun do que covers chi müdan la versiun originela.

Que dependa da *nus*, quels chi creeschan. Cun creer qualchosa egen s'investescha üna part da l'egna persunalited. Be uschè es que pussibel cha que do adüna ed adüna darcho roba nouva ed idejas fras-chas.

Gianna

Alles neu

Wie ist es möglich, immer wieder neue Dinge zu erschaffen? Jeden Tag kommen Produkte, Songs, Texte, Bücher auf den Markt, ganz neu. Aber… wurde nicht alles schon gesagt? Nicht alles längst besungen? Nicht alles bereits erfunden? Es scheint unmöglich, dass immer wieder neue Ideen entstehen…

Klar, gewisse Dinge werden kopiert und übernommen, Ideen gestohlen, aber dennoch: Die Menge an neuen Einfällen ist unglaublich. Und sicher bin ich nicht die Erste, die auf diesen Gedanken kommt. Ich frage mich einfach: Wie ist es möglich? Welches Geheimnis steckt dahinter?

Selbst wenn eine Idee mich inspiriert, etwas Eigenes zu kreieren, bin ich nicht sicher, dass es sich um etwas vollständig Neues handelt. Allerdings kann die gleiche Geschichte von verschiedenen Menschen unterschiedlich erzählt werden, von einem Song gibt es Coverversionen, die das Original verändern.

Das hängt von *uns* ab, den Erschaffenden. Indem man etwas Eigenes erschafft, gibt man einen Teil der eigenen Persönlichkeit hinein. Nur so ist es möglich, dass wieder und wieder neue Dinge und frische Ideen entstehen.

Glüschinas

Tuot dvainta uschè s-chür al cumanzamaint da november, las sairas telmaing lungias, ils dis uschè cuorts. Per me es que adüna ün temp ün pô trist. La sted es lönch passeda ed eir scha l'utuon ho fat reviver la bellezza da la natüra aunch'ün'ultima vouta, pera'l uossa propi dad esser a fin. E tuot dvainta quiet.

Ma lura cumainza il temp d'Advent, quist temp auncha pü s-chür, auncha pü quiet, ma el cumainza a glüschir adüna dapü e dapü tres millieras da glüschinas vi da bos-cha, fnestras, chesas. Dapertuot glüscha que, ils dis cuorts vegnan iglüminos e la tristezza dal november svanescha.

La saira as po darcho ir our, marchos da Nadel as faun vivs da tuot las varts. Ils mauns fraids intuorn ün bacher vin chod, las savuors da chanella e raclet aint il ajer, las glüschinas chi prolungeschan noss dis. Tuot que es l'atmosfera da quist temp uschè prüvo.

Gianna

Lichtlein

Alles wird Anfang November so dunkel, die Abende elend lang, die Tage so kurz. Für mich ist es stets eine etwas traurige Zeit. Der Sommer ist längst vorbei, und obwohl der Herbst die Schönheit der Natur noch einmal hat aufleben lassen, scheint er jetzt tatsächlich zu Ende zu sein. Und alles wird still.

Doch dann beginnt die Adventszeit, diese noch dunklere, noch stillere Zeit. Aber sie beginnt mehr und mehr zu leuchten durch Tausende Lichtlein an Bäumen, Fenstern, Häusern. Überall funkelt es, die kurzen Tage werden erhellt, und die Novembertraurigkeit verschwindet.

Am Abend kann man wieder hinaus, allerorts gibt es Weihnachtsmärkte. Die kalten Hände um einen Becher Glühwein, der Duft von Zimt und Raclette in der Luft, die Lichtlein, die unsere Tage verlängern. All das erzeugt die Atmosphäre dieser heimeligen Zeit.

Chalenders d'Advent

Cun che allegria cha nus staivans sü da pü bod, cur cha savaivans cha pudaivans avrir üna portina dal chalender d'Advent. Mincha bunura auncha pü s-chüra cu quella aunz, ma il plaschair adüna pü grand.

Mia mamma vaiva zambragio ün'assa cun vainchaquatter s-chaclinas culuridas e numeredas. Mia sour ed eau vaivans minch'an la dispütta, chi chi clappa ils numers pêrs e chi ils dispêrs. Adüna la dumanda, scha saja meglder da pudair avrir la prüma s-chaclina u l'ultima. Quist d'eira adüna centrel in nossas dispüttas. Vairamaing pruvaivans da baratter minch'an, ma nus schmanchaivans adüna, cu cha vaivans fat l'an aunz. Eau scu sour pü veglia d'he alura natürelmaing cedieu.

E per eviter dispüttas tresour tuot il december, clappaivans tuottas duos adüna ils listess regalins. Eau nu'm vögl niauncha imaginer, quaunt desastrus cha noss decembers füssan stos, scha que nu füss sto il cas. Dispüttas per la tscherna dals pêrs e dals dispêrs, dispüttas pels regalins illas s-chaclinas, adüna be dispüttas.

Ma adaquella nun es que per furtüna mê gnieu ed eau poss uossa guarder inavous sün temps d'Advent paschaivels cul chalender plain regalins da bellezza ed ün grand plaschair cha'l Nadel riva bainbod.

Gianna

Adventskalender

Wie gut gelaunt standen wir damals auf, wenn wir wussten, dass wir ein Türchen des Adventskalenders aufmachen konnten. Jeder Morgen noch dunkler als der vorangehende, die Freude indes immer größer.

Meine Mutter hatte ein Brett mit vierundzwanzig nummerierten bunten Döschen gebastelt. Jedes Jahr stritten meine Schwester und ich, wer die geraden und wer die ungeraden Zahlen bekam. Immer die Frage, ob es besser sei, das erste Döschen öffnen zu dürfen oder das letzte. Das war stets der springende Punkt bei unserer Auseinandersetzung. Eigentlich versuchten wir, uns jährlich abzuwechseln, aber wir vergaßen jedes Mal, wie wir es im Jahr davor gehalten hatten. Ich als ältere Schwester gab dann natürlich nach.

Um Zwist während des ganzen Dezembers zu vermeiden, bekamen wir jeweils beide die gleichen Geschenklein. Ich will mir gar nicht vorstellen wie katastrophal andernfalls unsere Dezember ausgefallen wären. Streit um die Wahl der geraden und ungeraden Zahlen, Streit wegen der Geschenke in den Döschen, immer nur Streit.

Aber dazu kam es glücklicherweise nie, und ich darf auf friedliche Adventszeiten zurückblicken, mit wunderschönen Geschenken im Kalender und einer riesigen Vorfreude auf Weihnachten.

Il regal per la mamma

Quista es üna da mias algordanzas predilettas vi d'ün marcho da Nadel.
Üna vouta sun eau ida cun ün cumpagn da scoula ad ün marcho. Sias sours
al vaivan do ün'unica lezcha: el d'eira respunsabel pel regal da Nadel per lur
mamma. Dimena d'eira que nos unic böt.

Nus essans chaminos sü e giò pel marcho, püssas voutas, vains guardo mincha
stand, mincha oget zambragio svess e miss no bellin per la vendita. Ünguotta nu
plaschaiva a mieu cumpagn. Zieva cha vaivans tschercho uras a la lungia, essans
restos sainza success.

Eau d'eira frustreda, eau nu vaiva accumplieu nos böt cha vaivans per quel di.
Ma el paraiva dad esser tuot cuntaint. Eau d'he dumando ad el, perche ch'el saja
uschè cuntaint, schabain cha nun hegians chatto üngün regal per sia mamma.

El ho be do da las spedlas e dit: «Sest, eau sun ch'eau ponderesch già tuot
il zievamezdi che fer cun quist regal e nus nu vains chatto ünguotta. Ma eau
m'he fat impissamaints ed a la fin es que l'impissamaint chi quinta!»

Gianna

Das Geschenk für die Mutter

Dies ist eine meiner liebsten Erinnerungen an einen Weihnachtsmarkt. Einmal besuchte ich mit einem Schulkameraden einen Markt. Seine Schwestern hatten ihm einen einzigen Auftrag erteilt: Er war für das Weihnachtsgeschenk für ihre Mutter verantwortlich. Also bestand darin unser einziges Ziel.

Wir spazierten den Markt auf und ab, mehrmals, begutachteten jeden Stand, jedes selbst gebastelte und hübsch für den Verkauf ausgestellte Stück. Nichts gefiel meinem Kameraden. Trotz stundenlanger Suche blieben wir erfolglos.

Ich war frustriert, ich hatte das Ziel, das wir uns für diesen Tag gesteckt hatten, nicht erreicht. Doch er schien ganz zufrieden. Ich fragte ihn, warum er denn so froh gestimmt sei, obwohl wir doch kein Geschenk für seine Mutter gefunden hätten.

Er zuckte nur mit den Schultern und sagte: «Weißt du, ich grüble heute schon die ganze Zeit über dieses Geschenk nach, und wir haben nichts gefunden. Aber ich habe mir Gedanken gemacht – und schließlich ist es doch der Gedanke, der zählt!»

Pelas e papàs

Üna saira in december, ad es già s-chür, be la staila chi decorescha l'entreda da vschinauncha glüscha süsom via. A croudan flöchins, be plaun rivane fin sülla salascheda. La naiv travuonda mincha sun e tuot es quiet.

Nus vi da maisa da chadafö a fer papàs, e que na be ün pêr, na, na! Tar nus vegnan fats bgers biscuits, üna lastra zieva l'otra, e que cun sistem: la pasta vain prepareda ouravaunt, uschè cha zieva po ella be gnir rasaineda e nus pudains directamaing furer our las papàs, rasainer e furer our. Apaina ch'üna lastra es plaina, zaccate aint il fuornin ed inavaunt vo que cun rasainer e furer our. Cur cha la lastra vain our dal fuornin, la mettainsa sül baunch dadour fnestra per sfrader. Fin cha la prosma lastra vain our dal fuorn, es la prüma fraida avuonda per darcho piglier aint e metter las papàs in üna s-chacla.

Que es ün sistem chi funcziuna sainza macla, ma üna vouta es capito qual-chosa terribel. Eau vulaiva metter oura la lastra choda e piglier aint quella fraida – ma quella nu d'eira pü dadour fnestra! Quella stu esser crudeda giò, d'heja pondero, e güst cur ch'eau am vulaiva volver per ir giò'n via a cler sü las papàs, d'heja vis süsom via cha riva il fargun per rumir la naiv.

Cun trais sagls d'eiri dadour porta, giò per la giassa fin suot la fnestra da chadafö, d'he ramasso biscuits, naiv e gera, miss la lastra suot bratsch e sun darcho currida sü'n chesa. Pel nair d'ün'ungla es ieu tuot bain, pochas secundas zieva vess la pela piglio cun se tuot nossas bunas papàs.

Gianna

Guetzli backen und Schnee pflügen

Ein Abend im Dezember, es ist schon dunkel, bloß der Stern, der den Dorf-
eingang schmückt, leuchtet oben an der Straße. Flöcklein fallen, nur langsam
erreichen sie die Pflastersteine. Der Schnee verschluckt jeden Laut und alles
ist still.

Wir am Küchentisch beim Guetzlibacken – nein, nein, nicht nur ein paar!
Bei uns werden viele gemacht, ein Blech nach dem anderen, und das mit
System: Der Teig wird im Voraus zubereitet, sodass man ihn dann nur noch
auswallen muss, um die Guetzli auszustechen, auswallen und ausstechen.
Sobald ein Blech voll ist, zack rein in den Ofen, und weiter geht's mit dem
Auswallen und Ausstechen. Wenn das Blech aus dem Ofen kommt, stellen
wir es zum Abkühlen nach draußen auf den Fenstersims. Bis das nächste
aus dem Ofen kommt, ist das erste kalt genug, um die Guetzli hereinzuholen
und in eine Schachtel zu füllen.

Das ist ein tadellos funktionierendes System, doch einmal passierte etwas
Schreckliches. Ich wollte das heiße Blech hinaus- und das abgekühlte rein-
stellen – doch es war nicht mehr vor dem Fenster! Es muss hinuntergefallen
sein, dachte ich mir, und gerade als ich mich auf den Weg nach unten machen
wollte, um die Guetzli aufzulesen, sah ich, wie etwas weiter oben auf der
Straße das Schneeräumfahrzeug nahte.

Mit drei Sätzen war ich aus der Tür, die Gasse runter bis unter das Küchen-
fenster, sammelte Guezli mit Schnee und Rollsplitt ein, klemmte mir das Blech
unter den Arm und rannte wieder ins Haus hinauf. Nur um ein Haar war
alles gut gegangen, wenige Sekunden später hätte der Pflug alle unseren
feinen Guetzli mitgeschleift.

Trer chandailas

D'iffaunts nu daiva que ünguotta pü bel cu ir a trer chandailas. Pür cur cha que gniva scrit our in chesa da scoula, vaiva per nus cumanzo l'Advent. Dit oter, lo faivans *nus* cumanzer l'Advent. Il marculdi zievamezdi dal trer chandailas d'eira adüna fich vivas-ch, tuot ils iffaunts gnivan cun granda motivaziun e las duonnas da la tschaira vaivan plaschair da musser als pü pitschens, cu cha que vo.

Al cumanzamaint as daivan tuots fadia, minchün vulaiva avair la chandaila la pü bella, culs rinchs ils pü culurieus, cur cha'l piz gniva taglio giò. Ma vers la fin nu d'eira que pü il böt principel. Vers la fin d'eira que ün unic cumbat per musser chi chi'd es il pü curaschus.

Ün ho cumanzo mettand be ün daunt illa tschaira. Cler cha tuots l'haun imito ed il prüm stuvaiva musser ch'el es auncha pü curaschus cu'ls oters. Dimena giò cun duos daunts. E lura trais. E lura tuot il maun. Que es ieu uschè inavaunt, fin cha la situaziun es cumplettamaing escaleda ed il prüm d'eira illa tschaira fin tal cundun.

Las povras duonnettas da la tschaira nu savaivan pü che fer e quel chi vaiva miss aint il bratsch plandschaiva, perche cha cun piglier davent la tschaira sun gnieus davent eir ils pailins dal bratsch.

Minch'an il listess teater – ma che bel cumanzamaint pel temp d'Advent!

Gianna

Das Kerzenziehen

Für uns Kinder gab es nichts Schöneres als das Kerzenziehen. Erst wenn es im Schulhaus ausgeschrieben wurde, begann für uns der Advent. Oder, anders ausgedrückt, dann ließen *wir* den Advent beginnen. Der Mittwochnachmittag beim Kerzenziehen war immer sehr lebhaft, alle Kinder gingen mit großer Begeisterung hin und die «Wachsfrauen» hatten ihre Freude daran, den Kleinsten zu zeigen, wie man es macht.

Zu Beginn gaben alle sich Mühe, jeder wollte die schönste Kerze kreieren, mit den buntesten Ringen, bis der Spitz abgeschnitten wurde. Gegen Ende war das jedoch nicht mehr das Hauptziel. Am Ende war es ein einziger Kampf, um zu zeigen, wer am mutigsten war.

Einer fing damit an, dass er einen Finger ins Wachs tauchte. Klar, dass alle es nachahmten, und der erste musste daraufhin beweisen, dass er doch mehr Mut als die anderen besaß. Also mit zwei Fingern hinein. Dann mit drei. Dann die ganze Hand. So ging es immer weiter, bis die Situation komplett eskalierte und der erste bis zum Ellenbogen im Wachs steckte.

Die armen Frauen wussten sich nicht mehr zu helfen, und derjenige, der den Arm hineingetaucht hatte, jammerte, denn beim Entfernen des Wachses kamen auch die Härchen mit.

Jedes Jahr das gleiche Theater – doch welch ein schöner Beginn für die Adventszeit!

Eau sun adüseda vi d'ün temp d'Advent s-chür, fraid, minchataunt cun naiv, adüna cun vin chod. Per me es quelo que chi fuorma il temp d'Advent. Avaunt duos ans d'eiri però da l'otra vart dal muond düraunt quist temp, süll'emisfera dal süd. Düraunt tuot il december sun ils dis dimena dvantos adüna pü lungs, adüna pü sulaglivs, adüna pü chods.

Ün di sun eau riveda in chotschas cuortas in cited e sun steda stuttischma da vzair dapertuot glüschinas e decoraziuns da Nadel. Vi da marchos da Nadel e vin chod nu pensaiva lo però üngün. Be eau. E düraunt tuot il temp d'Advent es creschieu mieu giavüsch per ün unic vin chod. Ma al mer, cun temperaturas da passa trenta gros, tuots chi crajaivan ch'eau sbatta.

E schi, eau d'he pudieu passanter ün bel temp d'Advent e Nadel da sted, ma a manchaiva simplamaing tuot l'atmosfera ch'eau d'he uschè gugent. E natürelmaing manchaiva eir il vin chod.

Gianna

Advent im Sommer

Ich bin eine Adventszeit gewohnt, die dunkel und kalt ist, manchmal mit Schnee, immer mit Glühwein. Das macht für mich den Advent aus. Vor zwei Jahren weilte ich während dieser Zeit jedoch auf der anderen Seite der Welt, auf der Südhalbkugel. Im Lauf des Dezembers wurden die Tage also immer länger, immer sonniger, immer heißer.

Einmal kam ich in kurzen Hosen in die Stadt und war maßlos erstaunt, überall Lichtlein und Weihnachtsdekorationen zu sehen. An Weihnachtsmärkte und Glühwein dachte dort allerdings niemand. Nur ich. Und durch die ganze Adventszeit wuchs mein Wunsch nach auch nur einem einzigen Glühwein stetig. Aber am Meer, bei Temperaturen von weit über dreißig Grad, hielten mich alle für verrückt.

Ja, doch, auch im Sommer konnte ich eine schöne Advents- und Weihnachtszeit verbringen, doch mir fehlte schlicht die Atmosphäre, die ich so gern habe. Und natürlich fehlte auch der Glühwein.

Substanz'incuntschainta

substanz'incuntschainta
persuna cuntainta
per ün batterdögl.
tieu corp quel as dosta
ma tü fest aposta
per schmancher ün mumaint.
la persuna chi passa
il cho be squassa
e's fo ün purtret
d'üna persuna persa, povretta, pensand
cha neir la sajetta nu tuoch'a minchün.
il passant vo speravi, guarda da suringiò
as sainta superiur per üna pezza.
el guarda, ma nu vezza
ils cuolps da destin cha tü hest passanto.
el vo inavaunt, el viva sia vita
sgür cha a quel punct el nu po river.
ma be nu schmancher
da ler *traunter* las lingias.

Gianna

Unbekannte Substanz

unbekannte substanz
zufriedener mensch
für einen augenblick.
dein körper wehrt sich
aber du machst es absichtlich
um für einen moment zu vergessen.
die person, die vorbeigeht
schüttelt nur den kopf
und macht sich ein bild
von einem verlorenen, armen menschen, denkt,
dass auch der blitz nicht jeden trifft.
der passant geht vorbei, schaut hochmütig
hält sich eine weile für überlegen.
er schaut, sieht aber nicht
die schicksalsschläge, die du erfahren hast.
er geht weiter, lebt sein leben
sicher, dass er nicht an jenen punkt gelangen kann.
aber vergiss bloß nicht
zwischen den zeilen zu lesen.

*Anmerkung von Karin: Dieses Gedicht so poetisch zu übersetzen, dass
der Sinn von Giannas tiefen Gedanken dabei nicht verloren geht, gelingt
mir nicht. Daher habe ich es vorgezogen, auf Kosten der Poesie nahe beim
Originaltext zu bleiben.*

Il mus-chuner malign dals muos-chins

Eau d'he ün sön propi fich profuond. Svagliarins odi be d'inrer, tuot las tenta-
tivas da mieus confamiliers da'm sdasder cun fer ir musica u fer canera cun
padellas sun suvenz stedas invaunas. Eir temporels – ünguotta.

Scu dit, eau d'he ün sön *fich* profuond. Ma que do üna roba chi'm sdasda
adüna, e que es il mus-chuner malign dals muos-chins. Auncha in mieu sön
odi quist tun terribel penetrant a gnir adüna pü daspera, adüna pü dad ot,
e cur ch'el es praticamaing *in* mia uraglia, batti culs mauns ch'eau am dun
bod svess ün schleppun.

E lura schi ch'eau sun sdasdeda – glüschs impizzedas, pronta per la chatscha
da quista creatüra perfida. E chi chi cugnuoscha quista chatscha speciela so cha
que nun es uschè simpel scu cha que pera. Que s'ho da ster quietischem, sperand
cha'l melfattur tuorna. Minchataunt esa però eir meglder dad ir activmaing in
tschercha. Greiv da dir che metoda chi'd es pü efficiainta, ma che ch'eau poss dir
cun tschertezza es cha que sun acziuns chi paun dürer püssas uras.

E schi, forsa ch'eau m'indrumainz traunteraint, ma dalum ch'eau od darcho
quist mus-chuner – *in* mia uraglia! – cumainza que da nouv. Que es qualchosa
chi'm fo propi gnir narrischma.

Eau pudess avair ün elefant in staunza ch'eau nun udiss. Ma ün muos-chin
am tegna sdasdeda tuotta not?! Que nu po esser vaira!

Gianna

Ich habe einen wirklich tiefen Schlaf. Den Wecker höre ich selten, die Versuche meiner Familie, mich mit Musik oder Pfannenlärm zu wecken, waren oft vergebens. Sogar Gewitter – keine Chance.

Wie gesagt, ich habe einen *sehr* tiefen Schlaf. Doch etwas gibt es, das mich jedes Mal weckt, und das ist das hinterhältige Surren von Mücken. Selbst bei meinem tiefen Schlaf höre ich diesen furchtbar penetranten Ton, wie er immer näher kommt, immer lauter wird, und wenn er sozusagen *in* meinem Ohr ist, fuchtle ich mit den Händen, sodass ich mich fast selbst ohrfeige.

Dann bin ich wirklich hellwach – Licht anzünden, bereit für die Jagd auf die perfide Kreatur. Wer diese besondere Jagd kennt, weiß, dass sie nicht so einfach ist, wie es scheint. Man muss absolut ruhig sein und hoffen, dass der Übeltäter zurückkehrt. Mitunter ist es auch besser, sich aktiv auf die Suche zu machen. Schwer zu sagen, welche Methode wirksamer ist. Was ich aber mit Sicherheit sagen kann: Es ist ein Unterfangen, das mehrere Stunden dauern kann.

Und ja, vielleicht schlafe ich zwischendurch wieder ein, aber sobald ich dieses Surren erneut höre – *in* meinem Ohr! –, geht es von vorn los. Das ist etwas, was mich wirklich zum Wahnsinn treibt.

Ich könnte einen Elefanten im Zimmer haben und würde ihn nicht hören. Aber eine kleine Mücke hält mich die ganze Nacht wach?! Das darf doch nicht wahr sein!

Mitleid

«*Geteiltes Leid ist halbes Leid.*» Das behauptet das bekannte Sprichwort und es ist eines, das wir nur zu gern befolgen. Von unseren Wehwehchen, Sorgen und Leiden berichten wir bereitwillig. Es tut uns gut, mit jemandem zu reden, Mitgefühl zu spüren, uns an einer starken Schulter auszuweinen. Aber haben wir schon je darüber nachgedacht, wie es dem anderen dabei geht? Ich behaupte: Geteiltes Leid ist doppeltes Leid.

Ich gebe zu, diese Einsicht fand ich erst spät, mein Liebster brachte mich darauf. Er hatte einmal eine ganze Weile ein persönliches Problem mit sich herumgetragen, jedoch nie mit mir darüber gesprochen. Als er es dann, nachdem es nicht mehr bestand, einmal nebenbei erwähnte, fragte ich ihn erstaunt, warum er sich mir nicht anvertraut hatte. «Weil du nichts zur Lösung beitragen konntest», antwortete er und erläuterte es mir mit einem Gleichnis: «Stell dir unseren gemeinsamen Lebensweg so vor, als wären wir zusammen in einem Kanu auf einem Wildbach. Ich paddle auf der linken Seite, du auf der rechten. Ich passe auf meiner Seite auf, dass wir auf Kurs bleiben und nicht gegen Felsen prallen, du tust es auf deiner Seite. Solange ich mit den Herausforderungen auf meiner Seite fertig werde oder du mir ohnehin nicht helfen könntest, ist es unnötig, dass ich dir davon erzähle, dich damit belaste und dadurch von deinen eigenen Aufgaben ablenke. Sehe ich jedoch, dass ich es allein nicht schaffe und du tatsächlich etwas für mich tun kannst, dann teile ich es dir mit und bitte dich um deine Hilfe.»

Stimmt, musste ich mir eingestehen. Lade ich Kummer, Schmerz, Sorgen bei Mitmenschen ab, die mich lieben, mir in der betreffenden Situation aber nicht helfen können, so werden sie nur machtlos mit mir im wörtlichen Sinn *mit-leiden*. Nützt mir das etwas? Nein. Schadet es den anderen? Ja. Ist das etwa nicht egoistisch und rücksichtslos von mir?

Dann ist es doch allemal besser, ein anderes Sprichwort zu beherzigen: Reden ist Silber, Schweigen ist Gold.

Karin

Cumpaschiun

«Dulur partida as schmezza.» Que pretenda il cuntschaint proverbi tudas-ch e que es ün cha nus seguins pür memma gugent. Da nossas buas, noss pissers e nossas duluors quintainsa gugent. Que'ns fo bain da discuorrer cun qual-chün, bader la cumpaschiun, lascher cuorrer las larmas vi d'üna spedla ferma. Ma vainsa eir già üna vouta stüdgio, cu cha que vo a l'oter? Eau pretend: dulur partida s'ardublescha.

Eau dun tiers, a quista persvasiun suni gnida pür tard, mieu marus m'ho fat gnir quist impissamaint. Üna vouta vaiva'l rumaglio ün problem persunel per üna vaira pezza, però mê discurrieu cun me sur da que. Cur cha'l problem d'eira supero, l'ho'l üna vouta manzuno speratiers ed eau d'he dumando tuot stutta, perche ch'el nu's vaiva confido a me. «Perche cha tü nu vessast pudieu contribuir ünguotta a la soluziun», ho'l respus ed ho declaro que cun üna sumaglia: «Imaginescha't nos cuors da vita cumünaivel scu scha füssans sün ün canu sün ün torrent. Eau rembl a schnestra, tü a dretta. Eau fatsch atten-ziun da mia vart, tü da tia. Intaunt ch'eau vegn maister cun las sfidas da mia vart u cha tü nu'm rivessast inamöd brich da güder, es que inütil ch'eau at quinta da que, at chalcha cun que e't distrescha da tias egnas lezchas. Sch'eau vez però ch'eau nu riv que sulet e cha tü poust propi fer qualchosa per me, alura parti que cun te e rouv cha tü'm güdast.»

Que es vaira, d'heja gieu da der tiers. Sch'eau s-charg cordöli, pissers e duluors tar conumauns chi m'aman, ma chi nu'm paun güder in quella situa-ziun, nu paune fer oter cu da patir cun me. Am güda que qualchosa? Na. Fo que dan als oters? Schi. Nun es que lura egoistic e sainza resguard da mia vart?

Lura esa bain meglder da's piglier a cour quist proverbi: tschantscher es bun, taschair es meglder.

Eau passaint tauntas uras aint il tren ch'eau d'he stuvieu tschercher qualchosa per fer passer la lungurella. Qualchosa chi m'occupa. Guarder our da fnestra es bel e dret, ma zieva insaquauntas uras s'ho eir vis il bel panorama. La cuntredgia nu müda bger. Las stagiuns müdan, que schi, ma las muntagnas e'ls lejs sun adüna lo.

Que chi müda es la glieud. Dimena d'heja cumanzo ad observer a la glieud. Che es il motiv da lur viedi? Che istorgias, che destins, che destinaziuns haun quistas persunas estras? Tauntas dumandas e mê il curaschi da propi dumander. E scha que do üna vouta qualchün chi discuorra, do que svelt sülla gnierva. Es que forsa üna tscherta mentalited svizra cha nu's discuorra cun esters?

Ma minchataunt s'ho dapü curaschi e que po der discuors interessants, cun glieud chi ho vis il muond, glieud chi ho chatto ün möd per viver üna vita simpla, glieud chi ho otras perspectivas. Quels discuors faun bain. Discuors cun persunas cha normelmaing nu's vess intuorn se, chi haun otras opiniuns, ans daun nouvas idejas e faun bain a l'egen orizont.

Vairamaing nun essans niauncha uschè esters, niauncha taunt differents ün da l'oter. Scha nus vessans be ün pô dapü curaschi!

Gianna

Unbekannte

Ich verbringe so viele Stunden im Zug, dass ich nach etwas suchen musste, das mir meine Langeweile vertreiben hilft. Etwas, das mich beschäftigt hält. Aus dem Fenster schauen, ist ja gut und recht, aber nach wer weiß wie vielen Stunden hat man das schöne Panorama auch gesehen. Die Landschaft wandelt sich kaum. Die Jahreszeiten wandeln sich, das schon, aber die Berge und die Seen sind immer dort.

Was sich ändert, sind die Leute. Also begann ich, die Leute zu beobachten. Was ist der Grund ihrer Reise? Welche Geschichten, welche Schicksale, welche Bestimmungen haben diese unbekannten Menschen? Viele Fragen und nie der Mut, sie auch zu stellen. Und wenn einmal jemand mit einem plaudert, geht es einem bald auf die Nerven. Ist es vielleicht eine Schweizer Eigenart, dass man nicht mit Unbekannten spricht?

Doch zuweilen hat man mehr Mut und daraus können interessante Gespräche entstehen, mit Menschen, welche die Welt gesehen, Menschen, die einen Weg gefunden haben, ein einfaches Leben zu führen, Menschen, die andere Perspektiven besitzen. Solche Gespräche tun gut. Gespräche mit Leuten, die man normalerweise nicht um sich hätte, die andere Ansichten haben, uns neue Ideen vermitteln und bereichernd für den eigenen Horizont sind.

In Wirklichkeit sind wir einander gar nicht so fremd, gar nicht so verschieden. Hätten wir doch nur ein bisschen mehr Mut!

L'hom visavi a me aint il tren guarda ün prospect cun chamins avierts. *Schmines.*
In mieu cho es que qualchosa vaira cher, vaira luxurius. Ma che bel cha que füss,
ün chamin aviert: fö in stüva, sairas pachificas cun ün tèin chod ed ün bun
cudesch. Che as stu avair ragiunt illa vita per pudair stüdger da cumprer ün
chamin aviert per l'egna stüva?

Quist hom cò ho aint ün tschop grisch, chotschas beiges, s-charpas e tschinta
da la listessa culur bruna. Chavels grischaints, ögls clers. El es sgür sur tschin-
quaunta. Telefonin, ün dals pü nouvs, ed uragliers, da quels sainza cabel.
Modern. El so, che chi gira. Ed ün simpatic è'l eir, el ho nempe dafatta dit allegra
aunz cu dumander, sch'el possa tschanter no tar me. Que nun odi suvenz.

Forsa stögl eir eau cumanzer a dir allegra als esters aint il tren e lura, chi so,
forsa ün bel di sun eau quella chi guarda ün prospect cun chamins avierts e
poss tscherner ün per mia egna stüva.

Gianna

Cheminées

Der Mann mir gegenüber im Zug schaut sich einen Prospekt über Cheminées an. Nach meiner Vorstellung sind sie ziemlich teuer, recht luxuriös. Doch schön wäre ein Cheminée schon: ein Feuer im Wohnzimmer, geruhsame Abende mit einem heißen Tee und einem guten Buch. Was muss man im Leben erreicht haben, dass man darüber nachdenkt, ein Cheminée für die eigene Stube zu kaufen?

Dieser Mann hier trägt ein graues Jackett, beige Hosen, braune Schuhe und einen braunen Gürtel. Grau melierte Haare, helle Augen. Er ist bestimmt über fünfzig. Handy, eines der neuesten, und Kopfhörer, kabellose. Modern. Er weiß, was läuft. Und sympathisch ist er auch, er hat nämlich sogar gegrüßt, bevor er gefragt hat, ob er sich zu mir setzen darf. Das höre ich nicht oft.

Vielleicht müsste auch ich anfangen, die Unbekannten im Zug zu grüßen, und dann, wer weiß, bin eines schönen Tages ich diejenige, die einen Prospekt über Cheminées anschaut, und kann eines für mein eigenes Wohnzimmer aussuchen.

Rückblick

«Das Leben kann nur rückblickend verstanden, muss aber vorwärts schauend gelebt werden.» Weise Worte des dänischen Philosophen Søren Kierkegaard. Die Psychoanalytiker leben davon, dass wir zurückblicken, um zu verstehen, warum wir sind, wer wir sind. Eine Bekannte von mir macht gerade eine Therapie, bei der sie sich unter Hypnose sogar in frühere Leben versetzen lässt. Ob das sinnvoll ist?

Schlussendlich geht es ja darum, mein Leben von dem Punkt aus, an dem ich stehe, zu gestalten. Die Wanderer kennen es: Wichtig ist nicht, wie ich bis hierher gelangt bin – sei es der höchste Gipfel oder die tiefste Schlucht. Entscheidender ist es, bei jedem neuen Schritt stets den richtigen, sicheren Weg zu finden. Und anders als beim Wandern gibt es im Leben ohnehin kein Zurück. Was geschehen ist, ist geschehen, was ich getan habe, habe ich getan.

Ein kurzer Blick zurück kann aber durchaus sinnvoll sein. Ich tue es jeweils am Jahresende: Was habe ich im vergangenen Jahr gut gemacht? Was hätte ich anders machen sollen? Und wie? Meine wichtigsten Fragen sind jedoch: Wo stehe ich heute? Und wohin will ich im nächsten Jahr? Welche Erkenntnisse der Vergangenheit kann ich für meine Zukunft nutzen? Sind diese Fragen einmal beantwortet, darf ich das Gewesene getrost ruhen lassen. Und zwar ohne Selbstvorwürfe oder Schuldgefühle, egal was meine Rückschau mir an Schandtaten in Erinnerung gerufen hat. Nur erwartungsvoll und zuversichtlich nach vorn sehen!

Und gute Vorsätze fassen? Früher nahm ich mir am 31. Dezember, nach dem Rückblick auf meine Untugenden und Missetaten des vergangenen Jahres, immer etwas vor, das ich «über Nacht» ändern wollte. Das tue ich schon lange nicht mehr, denn irgendwann habe ich mich gefragt: Warum mache ich es überhaupt beim Jahreswechsel? Wäre es nicht sinnvoller, im Moment der Erkenntnis einer Unzulänglichkeit *sofort* damit anzufangen, es besser zu machen? Warum warten bis zum 1. Januar? Wozu soll diese «Frist der Unvollkommenheit», die ich mir noch gewähre, gut sein?

In diesem Sinne fasse ich heutzutage nur noch einen einzigen Vorsatz fürs neue Jahr: keine guten Vorsätze zu fassen.

Karin

«*La vita po gnir incletta be guardand inavous, stu però gnir vivida guardand inavaunt.*» Pleds sabis dal filosof danais Søren Kierkegaard. Ils psicoanalitikers vivan dal fat da'ns fer guarder inavous per incler, perche cha nus essans quels cha nus essans. Üna cuntschainta fo güst üna terapia per as lascher translocher suot ipnosa in vitas precedaintas. Scha que fo sen?

A la fin dals quints as tratta que bain da creer mia vita davent da quel punct inua ch'eau stun. Chi chi vo in gita cugnuoscha que: a nun es important, cu ch'eau sun riveda fin cò – saja que il piz il pü ot u la chavorgia la pü chafuolla. Pü decisiv es da chatter adüna la via güsta e sgüra per mincha singul prossem pass. Ed oter cu cul chaminer nu do que illa vita inamöd üngün retuorn. Que chi'd es passo es passo, que ch'eau d'he fat d'heja fat.

Ün cuort sguard inavous po però listess esser radschunaivel. Que fatschi normelmaing a la fin da l'an: che d'heja fat bain l'an passo? Che vessi gieu da fer oter? E cu? Mias dumandas las pü importantas sun però: inua stun eau hoz? Ed inua vögli ir l'an chi vain? Che conclusiuns dal passo possi druver per mieu futur? Cur ch'eau d'he do resposta a quistas dumandas, possi lascher ster que chi'd es sto. E que sainza rimprovers u sentimaints da cuolpa, listess che acziuns svargugnusas cha mia retrospectiva m'ho trat adimmaint. Be guarder inavaunt plain aspettativas e spraunza!

E formuler bunas intenziuns? Da pü bod, adüna als 31 december zieva mieu sguard inavous sün mieus sbagls e melfats, m'heja missa a müder chosas «sur not». Que nu fatschi già lönch na pü, perche cha ün bel di m'heja dumandeda: perche fatschi que insomma la fin da l'an? Nu fess que dapü sen da cumanzer *dalum* ad amegldrer qualchosa i'l mumaint cha's vain a la persvasiun cha que es insufficiaint? Perche spetter fin als 1. schner? Per che dess quist «temp da l'imperfecziun», ch'eau am permet, esser bun?

In quist sen formuleschi hozindi be auncha ün'intenziun per l'an nouv: nu formuler üngünas bunas intenziuns.

Ende

«*Am Ende wird alles gut sein. Und wenn es nicht gut ist, dann ist es noch nicht das Ende.*» Dieses Bonmot stammt vom brasilianischen Schriftsteller Fernando Sabino. Sucht man im Internet danach, so findet man es millionenfach, aber die allermeisten Zitierenden schreiben es fälschlicherweise Oscar Wilde oder John Lennon zu. Aussagen unkritisch übernehmen und sie ungeprüft weitergeben, ist zwar keine Erfindung unserer Zeit: Seit jeher ließen Menschen sich von vermeintlich Wissenden in die Irre führen und manipulieren. Heute ist es aber durch das Internet und insbesondere durch die sozialen Medien viel einfacher geworden, Falschmeldungen zu verbreiten. *Fake News*, ein Begriff, der in der Ära Trump traurige Berühmtheit erlangt hatte.

Dann lebte er mit Covid erst recht auf. Und ich spreche nicht von Informationen, die der Auffassung der Regierung und anerkannter Wissenschaftler widersprechen, denn solche sind durchaus legitim, sofern sie auf Fakten beruhen. Ich denke an all das Abstruse und Absurde, woran ein nicht unbeträchtlicher Teil der Bevölkerung glaubte – vermutlich gerade weil es sich so unglaublich anhörte. So war beispielsweise laut einer Umfrage jeder fünfte US-Amerikaner davon überzeugt, mit der Covid-Impfung einen Mikrochip eingepflanzt zu bekommen.

Zurück zu Sabinos Zitat. Für das Covid-Jahr stimmte es sicher nicht. Zu Ende war das Jahr nämlich irgendwann – aber gut?! Andererseits… An den 365 Tagen, 5 Stunden, 48 Minuten und 46 Sekunden, die unser Planet braucht, um die Sonne ein Mal zu umkreisen, lässt sich zwar nicht rütteln. Doch das Jahr am 1. Januar zu starten, ist reine Willkür. So begann es etwa im alten Ägypten immer mit der Nilschwemme und laut dem antiken römischen Kalender am 1. März.

Nur weil das Pandemiejahr mit all seinen Vorschriften, Einschränkungen und Zwängen mir nicht gefallen hat, wurde Silvester allerdings nicht verschoben, bis alles wieder gut war. Mir blieb folglich nichts anderes übrig, als mein individuelles Jahresende auf einen Tag zu legen, den ich persönlich für geeignet hielt.

Auf den folgenden Tag also. Denn an jedem Tag schließt sich ein Jahreskreis, an jedem Tag beginnt ein neuer. Ob das Ende gut war, hängt von meinem Blickwinkel ab. Ob das kommende Jahr gut wird, von meiner Blickrichtung.

Karin

La fin

«*A la fin saro tuot bun. E scha que nun es bun, lura nun es que auncha la fin.*» Quist *bonmot* vain da l'autur brasiliaun Fernando Sabino. Scha's tschercha i'l internet lozieva, as chatta il citat insaquauntas voutas, ma la granda part da quels chi'l citeschan, l'attribueschan per sbagl ad Oscar Wilde u John Lennon. Surpiglier frasas sainza las metter in dumanda e las der inavaunt sainza controlla, nun es però üngün'invenziun da nos temp: da vegl innò as laschan umauns mner ad erramaint e manipuler da presumptivs sabis. Hozindi es que però dvanto bger pü simpel da deraser noviteds fosas cul internet ed impustüt cullas medias socielas. *Fake news*, ün term chi ho survgnieu üna trista renomina ill'era da Trump.

Cun covid ho'l pür dret clappo svung. Ed eau nu discuor dad infurmaziuns chi cuntradeschan a l'opiniun da la regenza u a scienzos renumnos, perche cha quellas sun tuottafat legitimas, fintaunt ch'ellas as baseschan sün fats. Eau pens a tuot l'abstrus ed absurd, a que ch'üna part vaira remarchabla da la populaziun ho cret – prubabelmaing güst perche cha que clingiaiva uschè incredibel. Tenor üna retschercha es per exaimpel mincha tschinchevel Americaun dals Stedis Unieus sto persvas cha culla vaccinaziun da covid vegna implanto ün microchip.

Turnainsa tal citat da Sabino. Per l'an dal coronavirus nun es que sgür na vaira. A fin es l'an nempe ieu – ma bain?! Da l'otra vart… Vi dals 365 dis, 5 uras, 48 minuts e 46 secundas cha nos planet drouva per girer üna vouta intuorn il sulagl, nu's po squasser. Ma da cumanzer l'an als 1. schner es be arbitrari. Illa veglia Egipta cumanzaiva l'an nempe cun l'inundaziun dal Nil e tenor l'antic chalender romaun als 1. marz.

Be perche cha l'an da la pandemia cun tuot sias prescripziuns, restricziuns e sforzs nu m'ho plaschieu, nun es il Silvester gnieu spusto, fin cha tuot es darcho sto in uorden. A me nun es dimena resto ünguott'oter cu da definir mia fin da l'an individuela per ün di chi'm paraiva adatto.

Pel di seguaint, dimena. Perche cha cun mincha di as serra ün ciclus da l'an, cun mincha di cumainza ün nouv. Scha la fin es steda buna, dependa da mieu punct da vista. Scha l'an chi vain dvainta bun, dependa da la direcziun da mi'öglieda.

Las uras traunter not e bunura

Las uras traunter not e bunura. Il bus da las quatter. Be güst steda sü. Stracca. Nu sun üna da la bunura. E listess am pera que qualchosa speciel. Quist temp, cur cha la granda part da la glieud dorma. Otra glieud es già in viedi. Nus, chi vains già cumanzo quist nouv di. Vus, chi nu vais auncha glivro il vegl. Ils oters aint il bus tuochan cleramaing tar la seguonda categoria. L'energia da la sortida perda plaunet sia pussaunza. Vus stracs dal lung di. Eau stracca da la not cuorta.

Las portas dal bus s'evran ed üna deschina homens in vestas melnas aintra. Controlla. Tar che categoria tuochan els? *Management dad evenimaints*, esa scrit sülla vesta. Curius. Il bus da las quatter. Ün vaira evenimaint.

Discussiuns. Üna sainza bigliet. Memma energia da sortida. Memma energia, per ella la saira tard. Memma dad ot, per me la bunura bod.

Il bus da las quatter. Tres vias, quartiers e lös incuntschaints. Minchataunt auncha glüsch illas fnestras. Auncha u già? Bars e restorants. Ils ultims giasts vaun a chesa. Not lungia per la camariera. Not cuorta per me.

M'insömgi? Pel d'gillina. Sun propi cò. Già sü. Già in viedi.

Gianna

Die Stunden vor dem Morgengrauen

Die Stunden zwischen der Nacht und dem frühen Morgen. Der Vieruhrbus. Ich eben erst aufgestanden. Todmüde. Früh aufstehen ist nichts für mich. Dennoch ist es für mich etwas Besonderes. Diese Zeit, wenn die meisten Menschen schlafen. Andere Leute sind schon unterwegs. Wir, die den neuen Tag bereits begonnen haben. Ihr, die den alten noch nicht beendet habt. Die Übrigen im Bus gehören eindeutig in die zweite Kategorie. Die Partyenergie verliert langsam an Macht. Ihr, müde vom langen Tag. Ich, müde wegen der kurzen Nacht.

Die Bustüren öffnen sich und ein knappes Dutzend Männer in gelben Westen steigt ein. Kontrolle. Zu welcher Kategorie gehören sie? *Event Management* steht auf der Weste. Seltsam. Der Vieruhrbus. Ein echter Event.

Diskussionen. Eine ohne Billett. Noch zu viel geballte Energie. Zu viel Energie, für sie ist es später Abend. Zu laut, für mich ist es früher Morgen.

Der Vieruhrbus. Durch Straßen, Quartiere und unbekannte Gegenden. Hier und dort noch Licht in den Fenstern. Noch oder schon? Bars und Restaurants. Die letzten Gäste gehen nach Hause. Lange Nacht für die Bedienung. Kurze Nacht für mich.

Träume ich? Hühnerhaut. Bin tatsächlich hier. Schon auf. Schon unterwegs.

Sch'eau scriva diari, istorgias u poesias, dumanda l'hom. Chapè e sandalas da turist, chamischa e postura scu mieu non, ögls amiaivels davous vaiders gross. El prouva cun tuot sia forza da tgnair l'equiliber e's do fadia cha que nu detta in ögl.

«Ün pô da tuots trais», respuondi.

Ch'el scriva poesias, quinta'l e dumanda, sch'el as possa tschanter no tar me. Per discuorrer da poet a scriptura, managia'l. Nu sun ne ün ne l'oter, ma cun glieud estra possi esser per ün mumaint chi ch'eau vögl.

L'accent irlandais pesant suot las bavrandas dal zievamezdi. L'hom drouva pleds ch'eau nu cugnuosch u nun incleg, bels pleds, pleds chi tunan da musica. Quinta dapü cu que ch'el dumanda, el es redactur per üna lingua da minurited, publichescha istorgias e poesias in quella lingua, ma quella lingua nu discuorra'l niauncha. El cugnuoscha mia lingua. Ch'eau dess scriver eir per palperi e na be pleds discurrieus.

El am scriva sü ün pêr noms sün mieu fögl. Scrittüra d'ün iffaunt chi nun ho auncha mê vis lingias. U d'ün poet chi ho vis memma bgers fuonzs da magöls.

Minchataunt s'ho da quels inscunters chi faun surrir auncha cur ch'els sun già lönch passos. Nu se aunch'hoz na precis, che cha'l poet am vulaiva dir, ma qualchosa es resto, eir scha que es be ün'algordanza.

Gianna

Der betrunkene Dichter

Ob ich Tagebuch, Erzählungen oder Gedichte schreibe, fragt der Mann. Hut und Sandalen wie ein Tourist, Hemd und Postur wie mein Großvater, liebevolle Augen hinter dicken Gläsern. Er versucht mit aller Kraft, sein Gleichgewicht zu halten, und gibt sich Mühe, damit es nicht auffällt.

«Ein bisschen von allen dreien», antworte ich.

Er schreibe Gedichte, erzählt er und fragt, ob er sich neben mich setzen dürfe. Um von Dichter zu Schriftstellerin zu sprechen, meint er. Bin weder das eine noch das andere, aber für fremde Menschen darf ich eine Weile sein, wer ich will.

Schwerer irischer Akzent unterlegt von Nachmittagsgetränken. Der Mann verwendet Wörter, die ich nicht kenne oder nicht verstehe, schöne Wörter, Wörter, die sich wie Musik anhören. Erzählt mehr, als er fragt, er ist Redaktor für eine Minderheitsprache, veröffentlicht Erzählungen und Gedichte in dieser Sprache, aber er spricht sie gar nicht. Meine Sprache kennt er. Ich soll auch fürs Papier schreiben und nicht nur gesprochene Wörter.

Auf mein Blatt notiert er mir ein paar Namen. Mit der Schrift eines Kindes, das noch nie Linien gesehen hat. Oder eines Dichters, der zu tief in zu viele Gläser geschaut hat.

Manchmal hat man Begegnungen, über die man noch lächelt, wenn sie schon lange vorbei sind. Ich weiß bis heute nicht genau, was der Dichter mir sagen wollte, aber etwas ist geblieben, auch wenn es nur eine Erinnerung ist.

Türen

«*Wenn eine Tür des Glücks sich schließt, öffnet sich eine andere. Aber oft schauen wir so lange auf die geschlossene Tür, dass wir diejenige, die für uns geöffnet wurde, nicht sehen.*» Weise Worte, meistens der taubblinden Schriftstellerin Helen Keller zugeschrieben. Aber… ginge die Tür ganz leise zu und die andere laut knarrend auf, könnte ich die neue nicht so leicht übersehen. Doch oft ist es umgekehrt: Das Schicksal knallt mir die lieb gewonnene Tür krachend vor der Nase zu. Und sonst tut sich vermeintlich nichts.

Da stehe ich dann ratlos im leeren Raum. Alle Türen in meinem Blickwinkel sind geschlossen, die rote, die gelbe, die blaue, die grüne, und ich starre weiterhin auf die schwarze, die ich gern noch offen hätte. Schließlich rüttle ich an ihr, schreie sie an, suche nach dem Zauberwort «Sesam öffne dich». Vergebens. Auf die Idee, einmal an einer der bunten Türen die Klinke zu drücken, komme ich nicht. Will ich nicht.

Ganz leise, in meinem Rücken, geht derweil eine weiße Tür einen winzigen Spalt auf, von selbst. Unbemerkt, weil ich, starr in Schmerz oder Trauer oder Wut gefangen, mich nicht umschaue.

Dann dringt ein feiner Lichtstrahl aus dem Türspalt, er umspielt meine Füße. Um ihn wahrzunehmen, müsste ich nur den Kopf neigen – doch nein, ich senke mein Haupt doch nicht vor dem bösen Schicksal! Und jetzt erklingt sanfte, fröhliche Musik aus dem Raum hinter der weißen Tür. Doch nein, ich will nichts hören! Ich will, dass alles wieder so wird, wie es war. Ich will nichts Neues. Ich will keinen Schritt in eine andere Richtung gehen. Ich will mich nicht verändern. Ich will nicht, dass mein Umfeld sich verändert.

Dabei weiß ich doch, dass stetige Veränderung die einzige Konstante im Leben ist. Und ich weiß auch, dass der neue Raum heiter, sonnig, warm und gemütlich ist – oder es werden kann. Denn ich bin es, die ihn gestaltet, niemand sonst. Fände ich doch nur die Einsicht, endlich meinen Blick zu wenden und einzutreten. In einen neuen Lebensabschnitt.

Karin

Portas

«Sch'üna porta as serra a la furtüna, s'evra ün'otra. Ma suvenz guardainsa uschè lönch la porta serreda cha nu vzains niauncha quella chi s'ho avierta per nus.» Pleds sabis, pelpü attribuieus a la scriptura suorda ed orva Helen Keller. Ma… scha la porta as serress be luot luotin e l'otra s'avriss sgrizchand dad ot, nu füss que uschè difficil da der bada a la nouva. Ma suvenz es que viceversa: il destin am serra la porta ch'eau d'he uschè gugent cun ün sfrach davaunt il nes. Ed uschigliö nu's mouva pera ünguotta.

Uschè stuni i'l spazi vöd e nu se pü che fer. Tuot las portas in mia perspectiva sun serredas, la cotschna, la melna, la blova, la verda, ed eau guard aunch'adüna tais aint per la naira ch'eau vess gugent ch'ella füss auncha avierta. Finelmaing stiri vi dad ella, sbreg sü per ella, tscherch il pled magic «Evra't sesam». Invaun. L'ideja da pruver la nadiglia d'üna da las portas culuridas nu'm vain. Eau nu vögl.

Luot luotin s'evra davous me üna porta alva, be üna sfessa, be da svess. Sainza esser visa, perche ch'eau – clappeda in dulur u tristezza u rabgia – nu guard per que d'intuorn.

Lura vain ün raz da glüsch be fin our da la sfessa, el iglüminescha mieus peis. Per al pertschaiver stuvessi be sbasser il cho – ma na, eau nu sbass bain na il cho pel nosch destin! Ed uossa resuna üna musica allegra our dal spazi davous la porta alva. Ma na, eau nu vögl udir ünguotta! Eau vögl cha que dvainta darcho uschè scu cha que d'eira. Eau nu vögl ünguotta da nouv. Eau nu vögl fer üngün pass in ün'otra direcziun. Eau nu'm vögl müder. Eau nu vögl cha mieu ambiaint as müda.

Eau se però cha l'unica constanta illa vita es il müdamaint permanent. Ed eau se eir cha'l nouv spazi es alleger, chod e pachific – u ch'el po dvanter que. Eau sun nempe quella chi'l do sia fuorma, üngün oter. Sch'eau chattess be il güdizi da finelmaing volver mieu sguard ed entrer. In ün nouv chapitel da mia vita.

Gianna Duschletta es naschida dal 1999 scu prüma figlia in üna famiglia tessinaisa-engiadinaisa. In Engiadina ho ella passanto l'infanzia ed eir frequento tuot las scoulas fin tar la maturited.

Dal 2020 ho ella cumanzo il stüdi a la scoul'ota da pedagogia a Berna per dvanter magistra secundara e viva eir illa chapitela. Ella es però la classica randulina e tuorna in Engiadina mincha mumaint pussibel.

Gianna Duschletta ho publicho diversas istorgias in ediziuns engiadinaisas scu la Chasa Paterna ed il Chalender Ladin. Daspö il 2021 scriva ella per l'emischiun *Impuls* dad RTR.

Die Autorinnen

Karin Jundt wurde 1954 in der Schweiz geboren und wuchs in Norditalien auf. Als Teenager kehrte sie mit ihrer Familie in die Heimat zurück, besuchte in Zürich das Gymnasium und studierte dann Alte Geschichte, Religionswissenschaften und Psychologie.

Sie arbeitete viele Jahre in der Kommunikationsbranche, danach als freischaffende Übersetzerin. Ihre Leidenschaft war jedoch immer das Schreiben. Neben zwei Romanen hat sie mehrere Ratgeberbücher und Artikel für verschiedene Zeitschriften veröffentlicht.

Sie lebt am Zürichsee und seit einigen Jahren auch im Oberengadin.

Weitere Bücher aus dem nada-Verlag

Belletristik
Karin Jundt: Jonathan von der Insel
Karin Jundt: Der Wanderer im dunklen Gewand
Manfred Kyber: Der Königsgaukler

Ratgeberbücher von Karin Jundt, Reihe «Wegweiser»
Ich liebe mich selbst und mache mich glücklich
Ich liebe mich selbst 2
Karma Yoga – Auf dem sonnigen Weg durch das Leben
Liebe ist kein Deal

Spirituelle Buchreihe «Sonnwandeln» von Karin Jundt
Band I: Der Sinn des Lebens und die Lebensschule
Band II: Alltägliches Handeln im spirituellen Geist
Band III: Über allem die Liebe
Band IV: Unsere innere Welt
Band V: Das spirituelle Leben

Mehr Infos auf:
www.nada-verlag.ch